Neera (alias Anna Radius Zuccari)

L'Amuleto

romanzo

© 2023 Culturea Editions

Texte et illustration de couverture : © domaine public
Edition : Culturea (Hérault, 34)
Contact : infos@culturea.fr
Retrouvez notre catalogue sur http://culturea.fr
Imprimé en Allemagne par Books on Demand
Design typographique : Derek Murphy
Layout : Reedsy (https://reedsy.com/)

Dépôt légal : janvier 2023
Tous droits réservés pour tous pays

ISBN : 9791041845187

L'AMULETO

Quando morì carico d'anni e d'onori il generale Maurizio di Rocca Tournion, un piemontese di vecchia razza che aveva fatte le sue prime armi in Crimea e diventò poi tanto celebre nelle guerre fortunose della nostra indipendenza, i suoi eredi che erano parenti lontani, si divisero le suppellettili del suo piccolo appartamento da scapolo. Ad uno di essi toccò fra le altre cose un astuccio di una forma bizzarra in cuoio lavorato, evidente provenienza di qualche bazar di Oriente. L'astuccio era largo poco più di un palmo, chiuso con un cordoncino di seta stinta ed emanava un profumo misto di essenza di rosa e di tabacco fino. In un angolo dove gli arabeschi del cuoio avevano lasciato un breve spazio, erano state impresse a secco due spade incrociate sormontate da una rosa. Fra il raso della fodera c'era un manoscritto, un centinaio di foglietti di carta sottile, resistente, coperti con una di quelle calligrafie nervose non larghe nè alte come porta oggi la moda, ma spezzate, minute, eppure non prive di una intima eleganza che noi dobbiamo cercare, per farcene una idea, nelle lettere delle nostre bisavole. Il testo era in francese. Poche note a matita traversavano i margini - scritte queste dalla mano pesante del generale. Del generale era pure un foglio congiunto al manoscritto a guisa di prefazione e di schiarimento; prova che il defunto ci teneva e che se avesse pensato a fare testamento, il misterioso manoscritto avrebbe avuto probabilmente una destinazione diversa che non quella di cadere sotto gli occhi del pubblico.

Ma ecco senz'altro le parole del generale. "Avevo vent'anni. Sotto le mura di Sebastopoli la vita andava con un treno d'inferno: guerra, gioco e vino. Ci si coricava senza sapere se al domani si avrebbe potuto fare lo stesso, incerti d'ogni ora, d'ogni minuto, avendo la morte sulla soglia e bivaccando nelle nostre tende con una spensieratezza fatalistica per cui qualcuno di noi perdeva in una notte metà della sua sostanza. Nessuno pensava all'avvenire. La punta delle nostre baionette, la bocca dei nostri cannoni, tutto era lì. Il mio capitano salutava sempre l'alba con queste parole: Buon giorno, madama Morte, è oggi che mi prendi?

"Io non ricordo nella mia vita un tempo più pazzo e più eroico di quello.

"Un giorno, in un periodo di tregua, il pranzo che ci accolse tutti insieme per festeggiare l'onomastico del nostro colonnello prese, dalla solennità della circostanza e dal momentaneo riposo, un carattere di ricevimento mondano che fece penetrare sotto la tenda un soffio della patria lontana, delle nostre famiglie, delle abitudini care e signorili della nostra infanzia. C'era un mazzo di fiori sulla tavola, se non mi sbaglio; ma quello di cui sono sicuro, è che un sottotenente lesse dei versi. Avendo perduto la sera prima fino al mio ultimo soldo mi trovavo nella migliore disposizione per fare dei brindisi e non a parole soltanto.

"Col crescere dell'allegria i discorsi si portarono sulle donne. Io, avendo già molto brindato alla salute del colonnello, mi trovavo sprovvisto di argomenti sentimentali e inforcai lì per lì un tema sulla inferiorità della donna sostenendo che non sa amare se non in un modo meschino, gretto e privo di poesia. Lanciai anche con molta energia e discreta fortuna alcuni aforismi di questo genere: L'amore della donna è come la spuma dello sciampagna, se non si beve subito ricade sul piede del calice. La donna non ama che per vanità, per trovare una conferma della sua bellezza. La donna ecc. ecc.

"Ero all'apice de' miei trionfi oratori, quando mi accorsi di un personaggio che non avevo visto prima; me ne accorsi per la profonda tenacia dello sguardo che teneva fisso su di me, con una espressione inquietante, dove si poteva leggere tanto la disapprovazione quanto una non celata simpatia. E veniva quello sguardo dagli strani occhi bizantini, pieni di mistero, nerissimi, di un vecchio aitante nella persona, altero nel portamento, con una occulta sovranità di pensiero che si tradiva nel gesto regale, nella maestà tranquilla degli atti, nel corruscare delle pupille.

"Domandai al mio vicino chi fosse quell'ignoto commensale, ma non me lo seppe dire o lo dimenticai. In realtà dimenticai molte altre cose di quel pranzo memorabile. Dopo il cognac noi giovani formammo un gruppo a parte e quando mi mossi non vidi più al suo posto il vecchio dagli occhi nerissimi; tuttavia, forse per una allucinazione della mia mente esaltata, mi pareva che qualche cosa di luminoso fosse rimasto al di sopra del suo posto vuoto.

"Il giorno dopo stavo fuori della tenda, non ancora perfettamente snebbiato dai fumi della sera prima ed ero malinconico. Pensavo a mia madre; mi pareva di vederla nella sua poltrona di velluto verde, così bella ancora e così interessante nel suo pallore di donna delicata, volti il cuore e la mente all'unico figlio che adorava e che si trovava tanto lontano. Per la prima volta la morte mi si presentò sotto il suo terribile aspetto di divisione eterna. Potevo morire senz'aver riveduto mia madre, e lasciarla sola nel mondo, sola a piangermi! Tenevo il gomito appoggiato sul ginocchio e la fronte sulla mano, per cui non Lo vidi avvicinarsi, ma Egli mi raggiunse, e mi toccò sulla spalla - Egli, il vecchio.

"La stessa espressione di rimprovero triste e dolce stava sul suo volto. Mi alzai di botto, quasi obbligato a mettermi in una attitudine di rispetto davanti a quell'uomo singolare.

" - Fanciullo - Egli disse con voce tenera e grave - ieri voi avete bestemmiato.

" - È vero, - risposi, chinando la testa perchè nel ricordare i discorsi del giorno prima sentivo salirmi una vampa di rossore.

"Il vecchio sempre tenero e grave, senza mostrare di accorgersi del mio turbamento, soggiunse:

" - Siete così giovane!

"Queste erano le parole di mia madre. Sì; ella pronunciava spesso le identiche parole passandomi nei capelli la sua mano sottile. In quel momento, già disposto dai pensieri precedenti, ebbi un brivido. Non ho vergogna a confessarlo; ero commosso, come preso nella rete di un fascino sopranaturale.

" - Pensate a vostra madre? - soggiunse Egli con una penetrazione che già non mi meravigliava più. - È in suo nome che vi prego di accettare questo ricordo. Nei nostri paesi si crede ancora alla virtù degli amuleti.

"Mi porse il piccolo astuccio di cuoio contenente il piccolo manoscritto; e siccome io guardavo dubbioso ora il dono ed ora il donatore, disse:

" - La storia che leggerete in questo manoscritto è assolutamente vera. Non mi chiedete il nome dei personaggi, nè il luogo, nè il tempo; questo non vi occorre. Occorre a voi sapere che in tal modo amò una donna.

"Pronunciate queste ultime parole si allontanò così rapidamente che non potei soggiungere nulla e rimasi col curioso amuleto tra le mani, ricordo materiale di una avventura che altrimenti mi sarebbe parsa un sogno. Aspettai invano di rivedere il misterioso vecchio. Il giorno seguente si riprese l'attacco della fortezza e non pensai più a lui, cacciando l'astuccio di cuoio in fondo al bagaglio.

"La prima persona che lesse l'anonima storia raccolta in questi fogli fu mia madre. Io la posi sul suo grembo il giorno del mio ritorno ed ella mi disse poi che ne era rimasta molto colpita e commossa. Si fecero insieme delle induzioni, ma senza poter stabilire precisamente nulla, nè sulle persone, nè sui luoghi, nè sul tempo. Dopo tutto il vecchio aveva ragione. Che cosa importa?"

Il Manoscritto

So il mese - era febbraio - e la giornata: - una giornata splendida - e l'ora. Era l'ora in cui il mio salotto divampa così stranamente colle sue cortine di seta rossa di contro al sole e i mobili cupi, quasi austeri, sembrano animarsi di un occulto ardore in quella atmosfera di fiamma. Mi trovavo in piedi accomodando dei fiori in un vaso; il mio piccolo Alessio, seduto sul tappeto cantarellava colla sua vocetta tanto commovente: M'alzo col sole della mattina, mando una prece dal core a Dio.

- Alessio - gli dissi - sta zitto un momento; mi sembra di aver udito dei passi.

- Sarà Pietro.

- No, non credo che sia Pietro. Aspetto nostro cugino, sai, il signore della Querciaia. Sarai gentile con lui, nevvero?

- Mi piace la Querciaia - riprese il mio bambino - perchè vi sono tanti uccelletti sulle piante.

In quel momento Pietro sollevò la portiera e Lo introdusse.

Questo mio parente non lo avevo mai veduto. Egli era stato prima in collegio, poi all'estero; ricordavo sua madre morta l'anno prima e che era una angelica creatura, ma di lui non avevo mai visto neppure un ritratto. Solo mi era giunta la fama del suo ingegno ed era questo che mi preoccupava un poco. Abituata ad una esistenza meschina, sempre sola col mio bimbo, con Pietro e colla vecchia Orsola, lontana da qualsiasi centro intellettuale, da qualsiasi parvenza di società, che cosa avrei detto a questo giovane culto e distinto? Per fortuna, siccome mi trovavo già in piedi a mezzo del salotto, non fui molto impacciata nello stendergli la mano e Alessio che si alzò subito e venne a nascondersi fra le mie gonne mi fornì l'argomento del discorso. Così di primo acchito non posso dire che mi fosse riuscito nè simpatico nè antipatico, ma certo mi parve non comune e guardandolo bene lo trovai bello di una bellezza fiera e delicata insieme. Egli pure mi guardò senza spavalderia con un'attenzione minuziosa e seria. Di mio marito non disse una sola parola. Sapeva senza dubbio che egli viveva quasi sempre lontano da me, ma avrebbe potuto chiedermi sue notizie; almeno mi parve che dovesse farlo. Mi domandò invece come passavo il mio tempo e se leggevo. Leggere? Ciò mi sorprese un poco. In realtà guardandomi attorno, non vedevo alcun libro nel mio salotto. Mio marito aveva dei libri nella sua camera, ma non mi ero mai interessata di sapere che cosa fossero. Gli dissi che Alessio mi occupava molto, che cucivo tutti i suoi abiti e coltivavo anche discretamente i fiori del mio giardino; poi facevo i conti di casa con Pietro e ripassavo la guardaroba insieme all'Orsola.

- Tutta la vostra vita è qui? - chiese Egli con un accento che mi parve racchiudesse un recondito disprezzo.

- Ho anche i miei poveri.

- Ah!

Dopo questa esclamazione fatta in tono reciso e freddo comprese forse di aver sbagliato, perchè si affrettò a dirmi qualche cosa di gentile, chinandosi ad accarezzare il mio bambino.

- Vicini non ne abbiamo, nevvero?

- No. I soli vicini siamo noi due.

Sorrisi dicendo così ed Egli pure sorrise rivelandomi una espressione nuova del suo volto e della sua anima. In quel momento non sentii più soggezione e mi sembrò allora che egli fosse proprio mio parente.

- Siamo i soli vicini di campagna, e siamo anche i soli nella famiglia. Ci deve ben essere qualcun'altro, uno zio, credo?...

- Sì, che ha fatto un cattivo matrimonio. Sua moglie si è comportata molto male con noi. È una donna ambiziosa e invidiosa; fa apposta a venire nella nostra chiesa alla domenica per umiliarci e per costringerci a cederle il banco che....

- Di grazia, lasciamo queste volgarità. Cara cugina, nè a me nè a voi non devono interessare affatto. Vi pare?

Arrossii a queste parole, rammentando quante volte avevo tenuto quel discorso con Orsola. Egli ebbe il buon gusto di non accorgersene e gliene fui immensamente grata. Poi incominciò a parlare de' suoi viaggi. Siccome io ne presi occasione per deplorare la mia vita solitaria dicendo che nei viaggi si imparano molte cose, Egli soggiunse:

- Le sole cose necessarie a sapersi si possono imparare in qualunque solitudine. I viaggi aggiungono certamente qualche dote allo spirito ma non è l'importante. L'importante è sempre dentro di noi.

Anche questo mi sorprese. Io non mi sarei mai immaginata che un uomo della buona società osasse contraddire così apertamente una signora alla sua prima visita.

- Resterete per un po' di tempo alla Querciaia?

- Per molto tempo. Potrò anche stabilirmivi se per esempio trovassi una donna ideale, una moglie degna di me.

Spalancai gli occhi senza dir nulla, ed Egli soggiunse con quel suo sorriso che rendeva dolce qualsiasi parola, come se vi gettasse sopra una luce:

- Vi sembro orgoglioso? ma bisogna essere orgogliosi, è il principio di tutte le virtù.

- Ho sempre inteso dire il contrario. È l'umiltà che è virtù.

- Errore, errore.

Si accorse di avermi scandalizzata e disse subito:

- Noi dobbiamo almeno conoscere le nostre forze, di questo converrete; sopratutto quando si tratta di scegliere il compagno o la compagna della intera vita. Vi sembra bella l'umiltà che ci fa accettare un essere indegno di noi, nostro inferiore, che ci darà dei figli dei quali forse dovremo arrossire?

Guardai con angoscia il mio Alessio, tanto bello e tanto buono. Il piccolo amore, essendosi accorto del mio sguardo pieno di tenerezza e di terrore, mi tese i suoi braccini ed io me lo strinsi al seno con un impeto straordinario.

- È carino questo fanciullo - disse Egli posandogli una mano sulla testa - ma ecco che i vostri occhi scintillano di orgoglio materno; cara cugina, non avete paura di far peccato?

Avevo voglia di ridere e di piangere insieme. Mi sentivo un gruppo alla gola e un formicolio nelle vene, come se vi si fosse infiltrato un licore nuovo.

- Del resto - mormorò crollando il capo, quasi rispondendo a un invisibile interlocutore - è naturale che sia così.

- Voi dovete giudicarmi molto sciocca e molto semplice.

- Semplice sì, sciocca no.

Come mai questa asserzione che non conteneva il più lontano complimento, che era appena educata e niente più, mi riempì di uno strano giubilo? Avevo forse bisogno che venisse lui ad assicurarmi che non ero sciocca? A buon conto ripresi:

- Ma le persone semplici non vi devono piacere molto.

- Avete ragione, non molto.

- Grazie.

- Non c'è di che. Vi ho voluto dimostrare i pericoli della semplicità. Potete immaginarvi che io mi lasci sfuggire nessuna occasione per insegnare quel poco che so alle persone che mi interessano?

- Ma io - risposi prontamente - mi rifiuto a ispirarvi il benchè minimo interesse.

- Ciò non sta in voi.

- E perchè?

- Perchè la simpatia è affatto libera. Vi è permesso di chiudermi la vostra porta (mi darete anzi a questo proposito i vostri ordini formali) ma non potete impedirmi di pensare a voi e di adoperarmi per il vostro bene.

- Mi sembrate un originale.

- E sia. Vedete che non mi offendo. È già un buon principio per restare amici.

- Io, se dovessi avere un amico vorrei che fosse principalmente buono e poi affezionato, devoto e compiacente anche, disposto a sopportare i miei difetti - perchè non è questo il maggior pregio dell'amicizia: compatirci reciprocamente?

- Ho il dispiacere di dovervi contraddire ancora. Direte che la colpa è mia, ma ciò non mi impedirà di pensare che è vostra. Cara cugina, avete delle idee orribilmente tarlate. Pare impossibile che una così graziosa testolina racchiuda un simile museo di ferravecchi.

- Come? La bontà, la devozione, la fedeltà, la tolleranza, la compiacenza...

- ...la gentilezza, la pazienza e aggiungiamone pure ancora una mezza dozzina, delle vostre virtù, vedete che le conosco; ebbene non sono queste le qualità della vostra cameriera (come si chiama? Brigida, mettiamo) e di quell'ottimo Pietro che venne ad aprirmi l'uscio e che si ricorda di avermi visto piccino?

- Orsola e Pietro - esclamai quasi ferita da quella punta di ironia che sembrava colpire queste mie vecchie affezioni - sono certamente le migliori persone che io conosca.

- Ve l'ho forse negato? Piacciavi rammentare che sono stato precisamente io a caricarli di tutta quella corona di virtù, è vero o no?

- E allora?

- Allora torniamo all'argomento. Voi desiderate nell'amico le stesse qualità dei vostri servitori?

- Le qualità appartengono indistintamente a tutti.

- Abbiate pazienza e rispondetemi categoricamente. Desiderate nell'amico le qualità di Orsola e di Pietro?

- Perchè no?

- Dunque sì?

- Ebbene sì.

- Ebbene no, no, no! Comprendo, badate, comprendo benissimo che la devozione, la bontà, la tolleranza possano essere il maggior risultato nei rapporti tra servitori e padroni; che ad ogni modo questi ultimi debbano apprezzarli assai, ma io chiedo ben altro al sentimento che riunisce due esseri eguali, senza scopo di lucro nè di interesse. Dove sarebbe l'idealità dell'amicizia se questa si limitasse a una dolce tolleranza e ad una amabilità benevola? Questo è ciò che si fa nel mondo, lo so bene e voi pure ve ne accontentereste. Quattro chiacchiere, una passeggiata, una colazione fatta insieme, la scelta dello stesso sarto e il gusto per la stessa musica, ecco secondo voi l'amicizia! Ci vuole altro vi dico, altro, altro. Che me ne farei di un amico che non dovesse contribuire al mio miglioramento, al mio innalzamento? All'amico, pensate, dobbiamo dare qualche parte dell'anima nostra, aprirgli questo sacrario immacolato e farlo riposare nel nostro cuore. L'amicizia è metà dell'amore, è qualche volta tutto l'amore: *una cosa grande!*

Pronunciò queste ultime parole con un accento profondo che mi diede un brivido. Seguì un lungo silenzio.

- Dunque devo tornare? - disse mio cugino alzandosi lentamente.

Mentre stavo per rispondergli, interruppe:

- Vi prevengo che sono poco tollerante, mediocremente buono, gentile a scatti e che non mi impegno per la fedeltà.

- Allora farete quello che vi aggrada - gli risposi, sforzandomi di sorridere.

- Grazie del permesso.

Si inchinò molto ossequiosamente ed era sul punto di allontanarsi quando Alessio inciampando nel tappeto cadde a terra battendosi la fronte. Gli strilli del mio bambino lo fecero tornare indietro e un poco forse le mie esclamazioni di dolore e i forti baci e le tenerezze che gli prodigavo per acchetarlo.

- Che cosa è successo? - chiese con voce calma, gettando una rapida occhiata al piccino. - Perchè piangi? Un uomo non deve piangere.

Il mio bambino tacque subito e si pose a guardarlo cogli occhioni larghi ancora bagnati. Egli sorrise e voltandosi verso di me, disse:

- Non commovetevi troppo cugina se volete restare forte.

Pochi momenti dopo io e Alessio, sollevando le cortine di seta rossa, lo vedemmo allontanarsi lungo il viale e Pietro che entrava allora per annunciarci che il desinare era pronto disse:

- Che uomo s'è fatto!

- Tu lo hai conosciuto, Pietro?

- Oh! sì molto. Quando era ancora un ragazzetto veniva da queste parti. Egli aveva una singolare predilezione per il boschetto di acacie, in fondo al giardino; stava là delle ore intiere a scrivere versi e il padrone diceva che quel ragazzo aveva molto ingegno.

- Come va che io non lo ricordo?

- La signora era troppo bimba allora; lo avrà visto ma non se ne rammenta. D'altronde egli entrava poco in casa; avendone avuto il permesso dal padrone passava il suo tempo nel boschetto delle acacie.

La visita di mio cugino mi lasciò un'impressione che nei successivi giorni di silenzio e di solitudine crebbe anzi che scemare. Egli avea suscitato nella mia mente un tumulto di idee affatto nuove e quasi risvegliato un senso nascosto, qualche cosa che dormiva in me, che sembrava morto, che sarebbe forse realmente morto senza quella potente evocazione. Alla domenica, in chiesa, Orsola che veniva sempre con me, mi mostrò la mia cattiva parente sussurrando:

- Veda che aria di sfida ha quella goffa!

Ed io risposi, rischiarata da una luce superiore:

- Non occupiamocene, Orsola.

Nel ritorno dalla chiesa - era la fine di febbraio - mi parve di non avere mai visto tanto limpido sole, nè così lieti gruppi di casolari lungo la via e - questo fu senza dubbio un effetto della mia immaginazione - prima assai del tempo inturgidivano i rami dei mandorli dentro gli orti.

- Orsola - dissi con uno slancio che mi veniva dal fondo del cuore - non ti pare che la vita sia bella?

- La vita, mia buona signora, non è nè bella nè brutta. È la vita.

Avrei voluto che Orsola continuasse il suo discorso sviluppando il suo pensiero, ma ella invece soggiunse scuotendo il fazzoletto sulle sue scarpe nuove:

- Quanta polvere!

Tornata a casa la giornata non mi sembrò più splendente come prima. Forse il sole si era nascosto; le cortine rosse del mio salotto non ardevano di quel dolce colore di fiamma che gli dànno l'aspetto di un tempio preparato per misteriosi riti. Anche qualche altra cosa mancava al mio salotto. Io solevo passare le domeniche d'inverno giuocando con Alessio, chiacchierando con Orsola e con Pietro finchè non fosse giunta la stagione di raddrizzare i rosai e di preparare le sementi nuove; ma quella domenica mi parve interminabile.

- Pietro - dicevo di tanto in tanto - credo che abbiano suonato il campanello. - Va a vedere.

Pietro andava a vedere e riferiva:

- Nessuno, signora.

Raccontai ad Alessio una lunga favola; la favola del principe che era stato trasformato in bestia e che doveva rimanere bestia finchè la più bella fanciulla non si fosse innamorata di lui.

- Questo è impossibile - diceva Alessio.

Ed io: - perchè impossibile? - Se per esempio la fanciulla avesse capito che sotto le forme bestiali c'era il principe? Ma Alessio non si interessava a questo problema. Io invece lo trovavo di una bellezza che non m'era apparsa mai prima di allora. Quanto dolore in quell'essere nobile oppresso da un destino inumano e quanta gioia nell'istante della liberazione! Come egli doveva amare veramente chi lo aveva così veramente amato! Prima di andare a tavola Orsola, tutta turbata, venne a dirmi che la conserva di pere aveva preso la muffa. Ora mi ricordo benissimo che in altre circostanze consimili io avevo diviso le pene di Orsola, ma quella volta non mi fu possibile; cercai anzi di persuaderla che era una disgrazia ben meschina.

- Che daremo al piccino quando mangia alla sera il suo pezzetto di pane?

Così brontolava l'Orsola girando fra le mani il barattolo della conserva.

- Potremo ben dargli un po' di miele, non ti pare, Orsola? E se mancasse il miele credi che non basterebbe un po' di burro sul pane?

- Dio benedica la signora - esclamò Orsola - oggi trova tutto bello e tutto buono!

Effettivamente mi pareva che fosse zampillata dentro di me una fontanella, una fontanella di gioventù e di vita; me la sentivo sorgere dal cuore, precipitare sui polsi, dilagare sotto la pelle. Mi venivano in mente cose alle quali non avevo mai pensato; mi sorprendevo ad ascoltare nell'aria voci arcane e giulive, quasi un coro di ore felici che mi venisse incontro; ed era tale la mia compenetrazione col mondo invisibile che avevo qualche volta la sensazione di sentirmi crescere dei fiori nelle mani, dei fiori sui capelli. Un giorno stando alla finestra vidi passare mio cugino. Egli alzò il capo e mi salutò molto garbatamente; l'indomani venne a farmi visita.

- Come avete tardato! - gli dissi.

- Avevo bisogno di vedervi per essere sicuro di non riuscire molesto; per questo passai e ripassai ieri sotto le vostre finestre. La facciata della vostra casa misura quaranta passi e il fianco trentadue. Il palazzo della Bella nel bosco non era forse così vasto.

Egli aveva un modo di parlare naturale e diceva le cose più sublimi come le più umili semplicemente, collo stesso accento convinto e persuasivo. Si guardò attorno e chiese:

- Dov'è l'omino?

Alessio sbucò di sotto una poltrona con un pulcinella in mano e le guancie tinte di melassa.

- Che faccia curiosa ha questo bimbo!

- Orsola dice che assomiglia a suo padre e Pietro dice che assomiglia a me.

- Ecco una prova dell'acume dei vostri consiglieri.

Pensai (pulivo nel frattempo la faccia di Alessio) che quando egli nacque suo padre era a Parigi, secondo il solito; che alle mie ardenti preghiere di ritorno aveva risposto che gli affari lo trattenevano - quali affari, mio Dio? - che poi aveva visto una sola volta suo figlio e che da due mesi mancavo di sue notizie.

- Mi sembrate triste.

- La solitudine è triste.

- Come mai, in compagnia di Pietro e di Orsola?

Oh che cattiveria! Sì, questa mi sembrò una cattiveria e una mancanza di cuore. Presi dal tavolino il mio ricamo e infilai l'ago senza rispondere. Io avevo forse desiderato la visita di mio cugino ed ecco che la speranza tanto rosea si mutava in un'aspra realtà. Ero decisa a non aprire più bocca; fu Lui che prendendo un gomitolo di seta celeste e palleggiandolo nelle mani, disse:

- Ho trovato alla Querciaia un disordine orribile. Mi piace esteticamente quella vecchia fabbrica che ha i muri di una fortezza e sui muri tante rose arrampicanti, e poi io sono sentimentale, sento delle voci arcane in tutti gli angoli della casa dove i miei vecchi sono nati e sono morti; ma, francamente, vi sono troppe ragnatele, troppi topi e troppi usci che non chiudono. Ho impiegato sei giorni, tanti quanti ce ne vollero per la creazione del mondo, a ordinare i libri negli scaffali. I quadri sul solaio mi daranno un da fare grandissimo; io non sapevo di avere tanti antenati alloggiati così male. Mi sento sopratutto mortificato in riguardo di una leggiadra bisavola bella come un amore, con certe maniche corte sopra un braccio idealmente bianco e certe mani... così, come le vostre. Un topo le ha portato via il fazzoletto ch'ella reggeva con due dita; oh come metterei volontieri a quel posto il mio cuore,

* Al posto di una trina Un cuore sanguinante.... *

I versi non sarebbero cattivi, ma sono falsi, il che è peggio. Il mio cuore non sanguina affatto; è giovane, forte e gaio. Farò mettere la mia bisavola, dopo accurati restauri, nel salotto e questo mi pare tutto ciò che si può pretendere da un nipote.

- Un nipote poeta - dissi, avendo potuto durante la sua divagazione rimettermi un poco. - Anche il boschetto di acacie che sta in fondo al mio giardino sa che siete poeta.

- E voi come lo sapete? - chiese sorridendo.

- Non vi è noto che le piante parlano?

- Ah! sì è vero! La quercia disse una volta alla canna: perchè ti pieghi così facilmente al soffio del vento? La canna abbassò la testa mortificata; ma venne un forte uragano, la canna si piegò a tempo e la quercia investita dal fulmine fu gettata a terra.

- Perchè era stata superba! - esclamò Alessio trionfalmente.

- Vedo che la mia favola non è nuova.

- Racconto sempre delle favole al piccino.

- Fate bene. Questi grandi insegnamenti in forma umile si imprimono nella mente e appena che il terreno sia propizio dànno frutti insperati. Quando io avrò dei figli li alleverò con un sistema affatto semplice e patriarcale, tuttochè ispirato ad una moderna libertà di concetti. Molti complicano l'educazione con una infinità di pratiche inutili, spesso nocive, mentre sarebbe così facile educare nel sentimento del bello e del vero.

- Io prenderò presto un buon precettore per Alessio.

- Ma dove lo prenderete? Una buona madre è rara, un buon padre più raro ancora, un buon precettore quasi introvabile. Vi consiglierei di stare al minor danno.

- Che in questo caso sono io?...

- Appunto; oh! ma un danno così minimo....

Egli pronunciò queste parole con una dolcezza che mi commosse.

- Sono troppo ignorante, è vero.

- Non occorre neanche una grande cultura per allevare un fanciullo e farne un uomo. Quando si ha un'anima come la vostra si arriva a tutto per sola forza d'amore.

Aveva detto: *un'anima come la vostra*. Conosceva Egli la mia anima? Questo dubbio mi turbò, ma per un solo istante: la confidenza rinacque subito al suono della sua voce leale, al contatto delle sue idee elevate sempre, anche quando non erano gentili.

- Dovreste leggere un po'.

- Oh! sì, volontieri! - esclamai con impeto.

Egli stette in silenzio, meditando, con un baffo chiuso fra l'indice e il pollice. Sembrava aver dimenticato dove si trovasse ed io mi guardavo bene dal disturbarlo perchè sentivo che anche senza parole la sua compagnia era preziosa. Finalmente disse:

- Vi porterò io qualche libro.

Si alzò per partire.

- Non state più tanto tempo senza lasciarvi vedere, ve ne prego.

- Dipenderà dal caos in cui mi sono cacciato. Vi immaginate voi ch'io possa fare le cose a mezzo? La Querciaia è da rifare e bisogna rifarla. In questi paesi non si hanno gli operai che si vogliono e in molte faccende conviene ingegnarsi da sè. Conoscete un buon falegname, per esempio?

Discorrendo lo avevo accompagnato fino all'uscio. Una ondata di sole entrò dalla porta aperta e Alessio si pose a battere le mani.

- La primavera è venuta - disse Lui - non fiorisce ancora il vostro giardino?

- Oh! appena qualche giacinto. Andiamo a vedere.

Discendemmo lo scalone tutti e tre e quando fummo nel viale mio cugino si fermò a guardare il giardino ancora brullo ma colle aiuole già smosse, preparate per la seminagione.

- Sapete che è una posizione magnifica questa?

- Non c'è male, abbiamo fin troppo sole.

- Fra quindici giorni tutto sarà sbocciato qui; la Querciaia invece è in ritardo. Ah! ecco il boschetto chiaccherino che divulga i segreti....

Eravamo presso alle acacie e ci mettemmo a ridere discretamente, con un intimo accordo che era tutto una dolcezza.

- Quando i rami saranno verdi tornerete qui ad ispirarvi.

- Non ho più tempo ora di fare versi.

- Ma di essere poeta sì? Ho sempre pensato che si può essere poeti senza scrivere versi.

Egli mi guardò in un modo intenso e scrutatore, contento e quasi un po' sorpreso di quello che avevo detto, come se superassi in quel momento una sua segreta speranza. E l'aria intorno era divina, rotta da lievi ondate di profumo che venivano dai giacinti. Alessio correva innanzi e indietro per il viale.

- Alessio! non correre tanto, ti farà male.

- Credete davvero che gli possa far male - disse mio cugino - o non subìte voi pure l'impressione di tutte le donne, le quali sentono istintivamente il dovere di occuparsi dei loro figli ma non avendo lena di cercare ciò che potrebbe essere il loro vero vantaggio, si appigliano alla lezione più comoda e più vicina?

- O vicino o lontano ciò che interessa i nostri figli non è sempre il nostro dovere?

- Soave Mentore, mi inchino alla vostra saggezza, ma non abbiate paura della corsa. Essa è una preparazione alla vita.

Si levò il cappello per salutarmi e siccome io andava cercando qualche altra parola prima di decidermi a quella di congedo, vedevo la sua testa scoperta nel nimbo della luce e i suoi capelli che la brezza sollevava con una morbidezza di mano amante. Non so perchè, ma trovavo una soavità rara nel vedermelo davanti in quella attitudine di rispetto, sì che la prolungai, dando forse anche a lui una sensazione indefinita di piacere che mi parve di scorgere riflessa ne' suoi occhi. E ancora, come la prima volta, la sua visita mi lasciò uno strascico di gioia, una pienezza di idee, di orizzonti nuovi. Qualche cosa di simile lo avevo provato nella mia primissima gioventù, risanando da una grave malattia. Era, come allora, un risveglio di tutta la mia sensibilità, un accorrere di forze e di desiderî verso una vita nuova, o precisamente un incominciare a vivere. Per quanto volessi indagare nelle mie più lontane memorie non avevo mai conosciuto nessuna persona che somigliasse a mio cugino; nessuno mi aveva mai parlato nel modo che parlava lui. Veramente chi avevo io mai conosciuto oltre il mio povero padre quasi infermo, i nostri contadini, qualche amico visto ben di rado, il dottore, il curato e mio marito? Lontanamente nella mia infanzia si delineava il ricordo di un vecchio signore che veniva qualche volta in casa nostra e che mio padre chiamava un uomo superiore. Mi restò in mente questa parola per aver udito mio padre che diceva alla mamma, in seguito ad una contesa di parenti: "Ascoltiamo i consigli di*** che è un uomo superiore." Da allora in poi mi misi a considerarlo attentamente tutte le volte che veniva e mi restò impresso, più che il suo volto, l'espressione di esso: certi movimenti di sdegno, certi altri di pietà, sopratutto una attitudine costante di slancio e di distacco dalla terra. Non potrei dire che mio cugino somigliasse al signor***, molto più che mio cugino era giovane e bello e il signor*** aveva i capelli bianchi e le guancie infossate, ma pure se c'era un paragone possibile io dovevo risalire fino a lui e ricordarmi la profondità di quegli occhi, la luce di quel sorriso. Tutti gli altri uomini e donne, entrando in una casa chiedono: Come va la salute? Poi discorrono del tempo, del caro dei viveri, della epidemia dominante, dei fatti dei vicini e dell'ultimo morto. In collegio mi avevano parlato, è vero, degli eroi greci e romani e in chiesa dei nostri santi martiri; avevo anche letto in una Antologia classica gli squarci dei migliori poeti, ma tutta questa gente era così lontana da me che io non la potei mai rivestire di carne e di ossa, nè pensare mai che fossero miei simili. Quando mi presentarono l'uomo che dovevo sposare mi parve, nella limitazione de' miei confronti, quasi perfetto. A me, povera fanciulla ignara, la sua disinvoltura di giovinotto elegante fece molta impressione e poichè mi faceva regolarmente la sua corte credetti che mi amasse. Forse, chi lo sa! mi avrà amata allora - quantunque io abbia compreso di poi che quello non poteva essere il vero amore. Nemmeno un anno egli stette con me; si annoiava della mia compagnia e della solitudine campestre e appena ebbe la certezza del bambino che doveva nascere tornò alle sue abitudini di società mondana e di viaggi. Mi aveva promesso di darmi un appartamento in città per passare assieme almeno l'inverno, ma se ne schermì sempre o con una scusa o coll'altra; così senza scissure e senza ragioni il nostro matrimonio si era quasi sciolto. Sulle prime avevo pianto assai e assai pregato; mi ero umiliata a confessargli che non potevo vivere a quel modo, ma poi non so come, la calma era venuta. La mia salute molto delicata (uno dei pretesti che egli accampava per non condurmi in città) mi fece quasi trovare una felicità in quello stato di rinuncia e mi ero fossilizzata così senza rimpianti e senza desiderî. Mio figlio e i due vecchi domestici formavano tutta la mia famiglia. Quante sere d'inverno ho passate con Alessio addormentato in grembo e l'Orsola che mi raccontava per la centesima volta le nozze de' miei genitori! Anche Pietro mi ridiceva gli aneddoti del tempo passato; uno de' suoi favoriti era quello dei miei cinque anni, quando egli mi aveva persuasa che si prendono i passeri ponendo loro un granello di sale sulla coda ed io uscivo in giardino colle tasche piene di sale. E rideva, rideva ancora il buon uomo! Dicendo a mio cugino che vicino a noi non c'era nessuno avevo dimenticato le due figlie del defunto dottore, zitelle di quarant'anni che non essendosi mai allontanate l'una dall'altra venivano insieme qualche volta a trovarmi. Mi tendevano la mano, senza staccare il gomito dall'anca, così tutte chiuse e raccolte nella loro persona che mi davano l'aspetto di cartocci vuotati per un misterioso processo senza essere stati aperti. Parlavano pure sempre insieme, a mezza frase ciascuna, quasi sorreggendosi scambievolmente. Erano brutte, povere, non avevano mai avuto una gioia nella vita, ma essendo stata la loro madre bella ed elegante vivevano all'ombra della sua memoria non senza un certo orgoglio. Si parlava di cintura sottile: *come la mamma:* diceva l'una; e l'altra: *ne abbiamo ancora la misura in un corpetto di raso.* E la prima: *bianco.* A cui la seconda soggiungeva: *fu quando la dichiararono regina della festa.* E sorridevano tutte e due beatamente, stringendo le braccia esili contro la vita grossa. Ma poi non c'era proprio altro per dieci miglia intorno. Aspettavo dunque con impazienza la terza visita di mio cugino. Egli non venne così subito e mi fece avere invece un pacco di libri con un biglietto "Vi mando i pensieri che io amo." Non diceva altro quel biglietto eppure mi pareva che contenesse tante cose. Usciva da esso la sua voce sonora, imperiosa, il suo sguardo scrutatore, la sua anima così fuori dal comune. Non c'era in quella breve riga una sola parola gentile, non un accenno affettuoso, ma era tutta una gentilezza di concetto o tale mi parve, pensando che le idee elevate erano ciò che Egli amava più che tutto al mondo e facendone parte a me così umile ed oscura, mi dava la maggior prova di simpatia ch'io avessi mai ricevuta. Compresi allora più che mai la vacuità delle solite frasi, dei complimenti superficiali e sentii l'umiliazione di essermene qualche volta compiaciuta. Una grande gioia calma e serena mi innondava il cuore. Quale oscuro destino o quale Dio veggente mi inviava la consolazione? Perchè veramente ciò che provavo era questo: una consolazione. Sorgeva in me lentamente un'altra me stessa, una parte di me che avevo dimenticata e che veniva a completarmi, quasi una persona creduta morta che ci gridasse un giorno alle spalle: sono qui. Come avevo potuto fino allora vivere di nulla al pari di una farfalla? Mi sembrava ora che il mondo fosse pieno di tante idee, di tante bellezze ignorate, di tante gioie austere e forti ed anche di sorrisi più intensi, più alati, più profondamente dolci di quelli a cui ero avvezza. Che cosa mi avevano annunciato tutti gli aprili della mia vita se non il ritorno dei fiori? Ed ecco che questo aprile novo mi recava un tributo di ricchezze spirituali non mai sognate. Mi posi subito a leggere i libri di mio cugino, dapprima con qualche difficoltà, poi meravigliata di comprendere e di gustare anche problemi che una volta mi sarebbero parsi ardui e privi di interesse. Erano pagine di poeti, di pensatori, di anime calde ed elevate. Erano, strano a dirsi, rivelazioni di idee che avevano tratto tratto gettato un baleno nel mio spirito, come raggi che passano davanti e dileguano, come astri intraveduti in un lontano cielo ai quali non si crederebbe possibile di arrivare. Ed erano amici, amici nuovi e sicuri che mi si mettevano a lato, ora facendomi sorridere, ora facendomi riflettere, pungendomi, spronandomi, sempre con quella deliziosa sensazione di completamento, di linfa saliente su per i rami, che colma e che matura. Prima assai del tempo - come aveva detto Lui - i rosai del mio giardino spuntarono tutti. La festa dei colori e dei profumi era intensa. Io e Alessio non potevamo più stare rinchiusi. L'Orsola, sofferente di reumi, mi ammoniva talvolta ma io non avevo più una fede cieca nella sua sapienza e correvo alla voce della primavera che mi chiamava all'aperto. Alessio era felice al pari di me. Ruzzolandosi nella sabbia formava una cosa sola col palpito della terra, colle piccole vite dei bruchi e dei moscerini, coll'erba che cresceva, col gattino suo compagno di corse e di capitomboli, e sostando finalmente nella breve ombra dei rosai intuonava la sua canzone "M'alzo col sole" alla quale mi univo io pure con una voce trillante che faceva dire all'Orsola: Badi, si piglierà una raucedine. Mio cugino mi sorprese un mattino della seconda metà di aprile inginocchiata nel mezzo di una aiuola, con un grembiale bianco, le mani coperte di vecchi guanti, intenta a spogliare i rosai dai bruchi che minacciavano di devastarli. Diventai molto rossa quando lo vidi e sorgendo lesta in piedi volli scusarmi per la volgarità di quella occupazione.

- Non trovo che sia una occupazione così volgare; lo è molto meno del chiacchierare senza scopo.

Mi venne allora la persuasione che egli avesse un po' di quello spirito ribelle che si piace a contraddire; volevo vedere tuttavia còme avrebbe sostenuto il suo asserto.

- È ideale forse questo mucchio di bestioline che si contorcono l'una sopra l'altra?

Scossi intanto per terra la lama del vecchio coltello che mi aveva servito a raccogliere i bruchi, non senza nascondere un intimo ribrezzo.

- Qualunque azione è ideale se ha per scopo l'ideale. Chi ha maggior diritto di vivere secondo voi, il bruco o la rosa?

Esitai un istante, levandomi i guanti brutti di terra, poi dissi:

- L'uno e l'altra.

Egli ebbe un movimento di impazienza e soggiunse precipitando le parole:

- Allora perchè distruggete i bruchi?

- Perchè mi distruggono le rose.

- Dunque? Sì, il silenzio vi sta bene colla testa leggermente piegata e lo sguardo pensoso che indovino di sotto le palpebre, ma vi prego di rispondere a questo quesito importantissimo: Chi ha maggior diritto di vivere?

- Io vorrei che i bruchi non distruggessero le rose per poterli salvare anch'essi. Ecco.

- Io vorrei! Io vorrei! Bel modo di rispondere a un interrogativo così preciso con un condizionale così vago. E pretendete di ragionare!

Il suo accento era canzonatorio, ma non troppo. Risposi in tono conciliante:

- Capisco, voi volete dire che dal momento che bisogna scegliere conviene scegliere il meglio. Ma chi mi assicura che in tal caso il meglio sia la rosa? Non è forse il mio egoismo che me lo suggerisce?

- Vedete un po' che razza di filosofo mi sbuca fuori da queste gonnelle! - esclamò Lui con una specie di allegrezza della quale mi sfuggiva il significato ma che trovavo assai dolce. - Tenete bene a mente che la rosa ha per sè la sua ragione di trionfo perchè la rosa è la bellezza.

Avendo in quel medesimo istante spiccato un bocciolo me lo battè scherzosamente sulla spalla. Io mi rizzai e fingendo un tono di offesa dissi, scandendo le sillabe:

- *Nemmeno con un fiore!*

Egli afferrò subito l'allusione, rise, e poichè la frase citata trovavasi in uno dei volumi che mi aveva mandato, questo ci servì di passaggio a un altro ordine di idee. Improvvisamente dissi (mi ero giurata di tacerlo, e non so come mi sfuggì):

- Perchè siete stato tanto tempo senza lasciarvi vedere? La Querciaia è ancora in disordine? Avete trovato il falegname?

- Il falegname! - fece Lui come uno che cade dalle nuvole.

- Sì - risposi umilmente, già pentita - me ne avevate chiesto uno.

- Ah! E voi credete che io doni il mio tempo a simili cose?

- Mi diceste pure che il riordinamento della Querciaia vi occupava assai.

- E mi occupò. Ma posso occuparmi più di dieci o dodici giorni di mobili, di muri e di travi maestre?

Seguì un lungo silenzio.

- In questi giorni - Egli disse, dopo una leggera esitazione - io pensai dei poemi!

Una grande soggezione mi prese ancora, come la prima volta che lo avevo veduto, e temendo sopratutto di dire una sciocchezza tacqui. Egli parve per un po' di tempo non accorgersi neppure della mia presenza. Sfogliava distratto la rosa che aveva côlta dianzi disseminandone i petali sulla sabbia, così lontano da me che me ne sentii quasi ferita. Alla fine, per quella delicata abitudine di uomo a modo che stringeva dappresso la sua natura indipendente e selvaggia fece con uno sforzo ritorno alla conversazione.

- Cavalcate voi qualche volta?

- No, mai.

- Io ripresi questo esercizio da che sono tornato; mi piace immensamente, mi riposa.

- ?

- Ve ne meravigliate? Capisco anche questo, ma vi assicuro che per me è un riposo. Sono stato ieri al campo delle croci.

- Fin là!

- Prendendo la via più malagevole.

- Ma perchè?

- Per amore delle difficoltà. Figuratevi che giunto al Passo del cervo trovai il ponte rotto e piuttosto che retrocedere, saltai....

- ....il Passo del cervo??

- Sì.

Un gran grido di orrore fu la mia risposta alla confessione di una simile temerità. Il Passo del cervo è il punto più difficile delle nostre montagne, un burrone spaventevole, un abisso senza fondo.

- Sapete che nessuno lo ha mai fatto, nessuno?

- E questa la bellezza.

Egli disse ciò con una gioia tranquilla e profonda, collo stesso accento semplice col quale pochi istanti prima aveva proclamato che "la rosa ha in se stessa la sua ragione di trionfo perchè la rosa è la bellezza." Che cosa intendeva Egli dunque per bellezza? Quale significato misterioso racchiudeva per Lui questa parola comune? Io vedevo bene che non c'era ombra di vanteria ne' suoi discorsi, che tutto ciò che Egli faceva e diceva, se pure aveva rispondenza con una intima nota di orgoglio, non era affatto da confondersi colla volgare superbia e colla vanità impotente. Gli dissi:

- Voi disprezzate la vita?

- Tutt'altro! pensate, è il nostro maggior bene; o per lo meno è il mezzo indispensabile per raggiungerlo. Ma si devono fare tutte le cose che si *sentono*.

- Anche un pazzo può sentire il desiderio di precipitare da una finestra - esclamai.

Ed Egli molto pacatamente:

- Si capisce. Seguirebbe con ciò la sua vocazione pazzesca e si ucciderebbe, la qual cosa, non potete negarlo, sarebbe un bene per lui e per la società. Ma io non mi sono ucciso ed è questa la mia ragione.

Siccome tenevo la testa bassa, poco convinta, Egli mi prese la punta delle dita con somma dolcezza e continuò evidentemente felice di dovermi combattere su quell'argomento:

- Cugina, cugina, sempre le vostre idee tarlate. Anzitutto voi pensate che io possa morire. È possibile? - (sorrise tanto leggiadramente intanto che non lo credei possibile neppure io). - E poi, ammettiamo l'assurdo, se io fossi caduto in fondo al Passo del cervo con quale diritto mi si sarebbe compianto? Io sono solo, libero, non amo, non sono amato, la mia vita mi appartiene e chi sa, chi può indovinare, chi si arrischierebbe a dire che l'istante di ebbrezza da me provato nel varcare l'abisso non valesse più di venti o trent'anni spesi a rialzare le spalliere del mio giardino? Credete che il valore di una esistenza sia raccolto nella sua lunghezza? E se io non potessi dare più nulla al mondo, se l'anima mia avesse esaurita la sua forza, se l'ideale a me concesso fosse già stato raggiunto, non è ancor meglio precipitare dalla cima di un monte piuttostochè morire per un cancro o per una risipola?

- Basta, basta - implorai - mi fate male.

E mentre Egli mormorava a fior di labbro: - Ecco come sono le donne! - io, più che al pericolo corso, pensavo adesso alle parole: *non amo, non sono amato:* che mi avevano dato un tuffo nel sangue e non so quale ignoto ardore, come un misterioso bisogno di colmare quella solitudine superba, di obbligarlo a scendere da quei regni inaccessibili del suo pensiero e mescersi cogli altri uomini ed essere uomo. Come più vivo sentii quel giorno il vuoto della sua partenza! Lo sentii con una acuta nostalgia di tutto il mio essere, con un sentimento crescente del nulla in cui vivevo, in cui ero sempre vissuta. Senza padre, senza marito, senza fratelli, il mio cuore riposava nell'amore per il mio piccino; ma accanto a questo amore fatto di protezione e di rinuncia, quali nuovi diritti si ergevano imperiosi a domandare la loro parte? Una aspirazione di vita superiore mi dominava come sola meta degna, quasi il perchè di una esistenza che avevo fino allora sciupata meschinamente senz'alcun frutto. Il desiderio di essere come Lui, di somigliargli almeno, divenne in breve il bisogno più ardente della mia anima. Nello stesso tempo un dubbio mi rodeva, sottile. Quale opinione aveva Egli di me? Come mi trovava in confronto delle tante donne che aveva dovuto conoscere? Ripensavo ad una ad una le sue frasi, le sue parole, e per una parte mi confortavo, per l'altra mi pareva che egli mi tenesse a distanza, che diffidasse; d'onde un affannoso desiderio in me di rivelarmi, di fargli sapere quali tesori di ammirazione e di affetto conteneva il mio cuore e come Egli avrebbe potuto disporne per crescere una seguace al suo ideale. In quei giorni ricevetti una lettera di mio marito. Pietro nel consegnarmela, disse: Oggi la signora sarà contenta. Io ero difatti contenta quando mi giungeva una di queste lettere perchè speravo ogni volta di trovarvi l'annuncio della felicità. Questa volta invece rimasi fredda; capii perfettamente che mio marito era uno straniero, uno straniero passato attraverso la mia casa, attraverso il mio cuore. Un sentimento nuovo di dignità mi faceva vergognare di essermi data con tanta leggerezza a un uomo che non conoscevo. Ora, se i miei sogni d'amore erano caduti per sempre, non avrei potuto fabbricarmi una felicità sollevando a più alta cima i miei affetti? Escire dal mio piccolo io e comprendere ed amare le cose superiori non era ancora una salvezza, un porto in vista? Tanti anni sciupati in una vita meschina e senza scopo si potevano alla fine redimere. è sopratutto la fine (avevo letto in uno dei libri di mio cugino) che nobilita una esistenza, come la conclusione dà il valore di un'opera. Adoperandomi a migliorare me stessa preparavo senza dubbio un bene per mio figlio. Senz'ombra di rimprovero, ma con una certa tristezza pensavo al modo col quale ero stata allevata io. I miei genitori erano pur buoni; mi avevano amata, si erano presa cura della mia salute; da piccina mi sorvegliavano perchè non avessi a cadere e fatta grandicella consultavano attentamente il colorito delle mie guancie, mi pesavano e conchiudevano che crescevo come un melo, Ma avevano mai posto mente, le care creature che non vorrei offendere neppure con un sospetto, allo svolgersi della mia piccola anima? Ero buona come loro e tanto bastava a quelle coscienze semplici. Comprendevo adesso che i genitori devono fare di più e questo compito riguardo al mio Alessio mi spronava, dandomi un ardore e una forza che non supponevo di avere. Come fanno le persone che non cambiano mai, che sono ancora a cinquanta e a sessant'anni quel che erano a venti e a trenta? Io conosco un mercante girovago che quando viene ad offrirmi la sua mercanzia la svolge tutt'ad un tratto, sì che con una semplice occhiata si fa il giro della sua cassetta; e un altro ne conosco che slega i suoi batufoli gradatamente, apre ad uno ad uno i suoi cartocci e quando si crede che abbia finito tira fuori ancora qualche sorpresa. Non riesco a trovare un paragone più nobile; in fondo però non arrossisco di eguagliarmi a così umili creature e questo confronto coi merciaioli mi fa sorridere. È uno strascico delle mie abitudini semplici, de' miei gusti modesti che non intendo di cambiare, anche ora che la mia mente si affaccia ad orizzonti più vasti. Ho trovato in me un'altra donna, è vero, ma questa non rinnega la donna primitiva. Noi andiamo a pari, da buone sorelle. Il mutamento o meglio l'accrescimento della mia anima avvenne per gradi. Mi ricordo benissimo; io andavo aggiungendo tutti i giorni qualche trama a' miei sentimenti e nuove scoperte facevo sempre; ora dei punti oscuri che si illuminavano poco a poco, ora dei piccoli pertugi che si allargavano sopra vedute impreviste, ora un debole filo di luce che si faceva intenso, a cui si aggiungevano altri fili e diventava un fascio di raggi.

Mio cugino veniva regolarmente a trovarmi, sereno, calmo; mi portava i suoi libri, li discuteva con me, voleva assolutamente che gliene dicessi il mio parere. Io sbagliavo spesso ed Egli si accingeva a correggere le mie idee con pazienza, con una tenacia amorevole di uomo convinto, penetrato della sua missione. Nei giorni migliori, quando lo capivo bene, gli si manifestava in volto una gran gioia e una luce spirituale raggiava nel sorriso che si schiudeva sulla sua bocca come un fiore al sole. Avanzandosi la bella stagione eravamo sempre fuori; o in giardino accanto ai rosai, o sotto le acacie, o nei piccoli sentieri adiacenti dove Alessio correva con una reticella in mano a caccia di farfalle.

- Avete cacciato anche voi le farfalle nella vostra infanzia? - chiesi una volta a mio cugino.

- Come no? L'uomo nasce con questo istinto e le farfalle, i coleotteri, i cervi volanti sono le sue prime vittime.

- Non le sole?

- Certo, non le sole. Che cos'è la vita se non un continuo avvicendarsi di vincitori e di vinti?

Ecco, ci succedeva così. Non si tenevano sempre dei lunghi discorsi o delle dissertazioni, ma Egli gettava là una di queste frasi incisive ed io la raccoglievo ed Egli lo sapeva; e tutto ciò fluttuava intorno a noi quasi il filo misterioso di una tela che si stesse ordendo, come pagliuzze che posate a caso fra due rami si venissero a restringere poco a poco formando un nido. Sentivo del nido la protezione, l'appoggio ed anche il tepore dolcemente soffuso, che prendeva in certi momenti una strana consistenza di realtà. Questo lo osservavo principalmente quando Egli mi guardava, con quei suoi occhi profondi e seri ove l'anima saliva con un ardore di fiamma compressa. Mi sentivo allora vicina a *qualcuno*, ad uno più forte di me, padre e fratello insieme. E questo padre, questo fratello, questo maestro saggio e severo di cui ammiravo il sapere e l'alta intelligenza era allegro come un bambino, era semplice, era ingenuo quando rincorreva Alessio per i viali e il suo riso fresco e sonoro si mesceva al riso di mio figlio. La vita entrava finalmente nella vecchia casa abbandonata!

- Sei molto mutata bambina, molto mutata.

Quando eravamo sole l'Orsola mi dava ancora del tu; e quel giorno eravamo sole nella mia camera davanti alla finestra aperta, lei con una spugna in mano imbevuta d'acqua e sapone, io coi capelli sciolti al sole di luglio.

- Perchè dici che sono cambiata? In che cosa ti pare che lo sia? - diedi intanto un'occhiata allo specchio e l'Orsola si affrettò a soggiungere:

- Oh! non nel volto, no, Dio ti benedica, mi pare che abbi ancora diciotto anni. Sei più giovane adesso di qualche mese fa. Io dico dentro di te.

- E che cosa vedi dentro di me?

- Tante cose che non capisco.

- Ti sembrano belle o brutte queste cose?

Orsola tacque.

- Non ti voglio più bene forse?

- No, non è questo.

- Dimentico qualcuno de' miei doveri di padrona di casa?

- Non è questo.

- Non sono una buona mamma?

- Non è questo, non è questo.

- Oh! se vuoi farmi giuocare a mosca cieca è passato il tempo.

- Ecco! - fece l'Orsola con profondo sconforto - l'hai detto.

Mi voltai tutta d'un pezzo a guardare la mia vecchia domestica.

- Mi pare - ella continuò con una specie di allarme: - che mentre il volto ti è rimasto giovane il tuo cuore abbia maturato assai. Non ridi più come una volta alle facezie di Pietro e quando io ti narro quello che so, fingi di ascoltarmi ma io vedo bene che non t'interessa. Appena l'anno scorso, guarda, avresti giuocato ancora a mosca cieca!

- Cara Orsola, dobbiamo restare bambini tutta la vita?

- E perchè no, Myriam?

La buona vecchia aveva pronunciate queste parole e il mio nome con una così ingenua convinzione che mi posi a ridere e la calmai con una carezza. Guardandola, pensai ch'ella doveva essere vicina ai settant'anni e per la prima volta mi posi a misurare la distanza che ci separava. Povera Orsola! La sua persona secca ed attillata di vecchietta pulita era scossa da un lieve tremito, il capo grigio si inclinava quasi a indagare la terra che fra non molto doveva accoglierla, la luce smorta delle pupille sembrava ritirarsi poco a poco nel mistero dove si decompongono le vite.

- Orsola - le dissi - tu però credi che vi è in me qualche cosa che non cambierà mai?

Ella sollevò lo sguardo tremulo e mi fissò intensamente. Molte parole non sarebbero riuscite ad allacciare i nostri pensieri; quello sguardo sì. Mi prese la mano e la baciò mentre io le rendevo il bacio sui suoi capelli grigi. In quel mese di luglio, mio cugino si lasciò vedere poco, ma la casa restava anche in sua assenza piena di lui. Per il solo fatto di esserci stato Egli vi era. Me lo sentivo vicino, gli rivolgevo la parola quasi avesse potuto rispondermi. Mi piaceva a immaginarmi le sue contraddizioni e a trovare le risposte più atte a calmarlo. Questa ginnastica del pensiero della quale Egli era l'unico perno occupava le mie ore d'ozio, mi era compagna nelle lievi occupazioni della giornata, mi seguiva dovunque come un profumo penetrante e nascosto. Quando venne finalmente mi parve preoccupato. Io dissi che faceva caldo - poi dissi che il personaggio di Sita nel Ramayana indiano mi sembrava un simbolo - dissi pure che la rosa bianca, la rosa gialla, la rosa carnicina, non possono temere il confronto colla rosa purpurea - ed Egli non trovò da contraddirmi in nulla. Tratto, tratto mi guardava con una immobilità scrutatrice e m'aspettavo da un momento all'altro che parlasse, ma non parlò quasi mai in tutto il tempo della visita da lui occupata ad aprire ed a chiudere quindici scatolette giapponesi di graduata ampiezza che Alessio aveva dimenticate sul tappeto. A un certo momento gli chiesi se quel balocco lo interessava.

- Moltissimo - mi rispose premurosamente. - Non potete credere come sia rapida in me la successione delle idee. Io penso ora ad una quantità di cose alle quali voi non avete mai pensato. Vi sono delle catene d'amore tristi e terribili, dolorosi avvicendamenti di passione e di sdegno, di fiamma e di gelo. Mi pare qualche volta di vedervi un occulto giudizio, un castigo che si riverbera di persona in persona per qualche colpa comune che tutti debbono scontare. È un fenomeno strano ed inquietante. Si potrebbe stabilire una specie di dinamica materiale sopra tali rapporti. Non sarebbe difficile di riunire in proposito un certo numero di leggi che riuscirebbe interessante riscontrare nella pratica. Non mi capite, nevvero?

- Poco, lo confesso.

- Me lo aspettavo. Appena che si esce fuori dal solito giro di pensieri, le donne non capiscono nulla. Eppure si tratta dell'amore, un sentimento del quale a sentir voi avete il monopolio.

Non lo avevo mai visto così cattivo. I suoi occhi erano torbidi come cielo che si rannuvola profondamente.

- Per conto mio - risposi - conosco così poco l'amore che non saprei parlarne.

- Neppure per intuizione?

- Mi pare che voi cercavate dei ragionamenti.

- Inutile, inutile! - fece lui e buttando da parte le scatole giapponesi si diede a passeggiare per la sala in lungo ed in largo.

Di lì a poco Alessio si attaccò alle sue mani e lo trasse in giardino. Li seguii turbata e a malincuore per i viali che imbrunivano nell'ora crepuscolare. Li vidi entrare nel boschetto delle acacie, dove sedettero sopra una panchina; entrai io pure e presi posto accanto a mio figlio. Era una serata meravigliosa, come ne abbiamo nei nostri paesi certo a compenso dell'eccessivo calore dei giorni estivi. Sentire la natura, sentire la vita era in quel momento una tale delizia che nessuno di noi provava il bisogno di parlare. Nella dolcezza incombente sembrava fondersi a poco a poco anche la gravità di mio cugino. Egli ascoltava tranquillo il fremito misterioso che in mezzo agli alberi innalzavasi dal mondo invisibile degli insetti e dei piccoli uccelli e poichè Alessio fece l'atto di gettare dei sassi in un cespuglio gli disse:

- Sta cheto, disturbi la toeletta notturna delle farfalle.

Alessio - non compiva ancora sette anni - rise molto all'idea di quella toeletta; forse si immaginava di vedere le farfalle col lungo camicione da notte simile a quello che aveva lui. - E sorrisi anch'io, dominata da un improvviso bisogno di letizia, prendendo le sue manine e ponendomele in grembo.

Era molto chiaro ancora, ma sotto le acacie l'ombra cresceva di minuto in minuto; la testa di Alessio appoggiata contro il mio braccio, restava al buio; quella di mio cugino invece prendeva luce da una radura dei rami ed era così immobile e bianca nel riflesso lunare che sembrava una statua. Aveva il profilo duro, l'occhiaia profonda, il mento fortemente disegnato degli uomini in cui predomina la volontà. Io non so quanto tempo passasse nel più assoluto silenzio. Alessio si era addormentato colle sue manine nelle mie. Un rumore di carri trascinati a stento sulla ripa vicina, le zampe dei cavalli scalpitanti, gli urli e le grida dei carrettieri non lo svegliarono.

- Ecco che questi uomini durano fatica a guidare i loro carri sulla montagna, viaggeranno tutta notte e faranno viaggiare le loro bestie a furia di urli e di eccitamenti per portare il carico dall'uno all'altro paese. È il loro mestiere, non ne conoscono altri; lavorano volonterosi e domani quando torneranno alle loro case calcoleranno minuziosamente quanto hanno guadagnato, per riprendere il giorno dopo la stessa cosa.

Mio cugino fece queste riflessioni a mezza voce senza muovere la testa, continuando a darmi colla sua immobilità l'illusione di una statua. Ma tuttavia avendo io mormorato un leggerissimo *sì* continuò:

- E chi acquisterà la mercanzia saranno altri uomini che si credono superiori perchè invece di faticare alla notte sulle ripe sassose, dormono in buoni letti, tenendosi accanto le loro borse di cuoio piene di monete.

A questo punto lo scalpitare dei cavalli, gli urli e le bestemmie presero un tono così alto che le manine di Alessio trasalirono nelle mie. Temendo che si spaventasse nel sonno, mi chinai su di lui e lo baciai in fronte. Intanto i carrettieri avevano raggiunto il culmine della salita e discendevano dall'altra parte; il silenzio riprendeva il suo impero alto e solenne.

- Il Signore disse che tutti gli uomini sono fratelli. È a questo che pensate? - domandai timidamente.

- No - rispose mio cugino, senza adirarsi - penso che tutti dovrebbero *salire la loro erta.*

Egli aveva un modo di pronunciare certe parole come se fossero più grandi delle altre.

- Comprendo. Tutti devono lavorare nella misura dei loro mezzi.

- Credete di comprendermi, ma non mi comprendete ancora. Non è tutto questo.

La sua voce si faceva sempre più dolce e malinconica; anche il suo profilo aveva modificato qualche linea della abituale rigidezza. Le ombre addensandosi, oscuravano il suo volto che pur restando statuario sembrava perdersi nella vaporosità di un sogno antico. Mai in vita mia avevo provato un sentimento di umiltà simile a quello che mi invadeva allora. Con un filo di voce e sporgendo la fronte al di sopra della fronte di mio figlio pregai:

- Parlatemi dei vostri ideali!

Non rispose subito. Io sentivo un bisogno ardente di attingere alla sua anima e nello stesso tempo una paura di turbarla, come se una mossa imprudente potesse distruggere il miraggio luminoso che la circondava. Sentivo che quegli istanti erano unici e solenni, che cadevano di secondo in secondo nella eternità e che io li perdevo. Non vedevo quasi più mio cugino. Nella oscurità feci un movimento che portò i miei capelli a sfiorare i suoi. Egli si ritrasse vivamente. Io mi alzai. Alessio, svegliandosi all'improvviso, mi chiamò con una intonazione di pianto, per cui lo tenni ancora fra le braccia cullandolo, mentre uscivo lentamente dal bosco.

- Addio - Egli disse quando fummo sul viale bianco battuto dalla luna. - Vi risponderò più tardi.

- Lasciate almeno che io segua da lontano il vostro pensiero.

- Oh! come lo potreste, così debole!

Mi parve che un sorriso d'incredulità passasse sulle sue labbra e me ne sentii ferita.

- Vedrete! Vedrete! - gli singhiozzai dietro mentre si allontanava - e poichè un'angoscia infinita mi serrava il cuore ebbi ancora la forza di gridare: Vedrete!

Egli si voltò, alto e ritto nel gran viale che sembrava d'argento. Fece un gesto di commiato e disse: Vedremo!

Il giorno dopo quasi alla stessa ora, eravamo ancora quasi allo stesso posto; ma più all'aperto, di contro alla luna che sorgeva dolcemente falcata. Percorrevamo il viale a passi così lenti, io e mio cugino che Alessio si divertiva a misurare quattro o cinque volte di corsa le piccole tappe della nostra passeggiata.

- Che cosa credete che sia - diceva mio cugino - la più alta missione della donna?

- Fare il bene?...

Egli si accorse della mia esitazione e soggiunse, incoraggiandomi:

- Sì, può darsi. Ma qual bene? l'elemosina che versate alla domenica nella cassetta della chiesa? Vi ho vista.

- Mi avete vista? Quando? Venite in chiesa voi?

- Ecco che invece di cercare qual'è il vero bene, la curiosità femminile prende il sopravento!

Il sorriso bonario che accompagnò queste parole valse a rassicurarmi sulla disposizione che aveva in quel giorno il suo spirito quantunque continuasse con una intonazione di leggiero *persiflage*.

- E vi piacerebbe che vi dicessi di qual colore era il vostro cappellino o quanto meno se si addiceva al pallore interessante del vostro volto. Non è così?

Mi finsi un po' sdegnata:

- Non è proprio così. Voi mi trattate sempre come fossi una bambina. Non vi risponderò più.

Egli incrociò le braccia dicendo:

- Lasciatemi meditare sulle conseguenze di questa orribile disgrazia.

Ignoro perchè questo scherzo mi piacesse tanto; per due o tre minuti sentii che il cuore mi balzava con una letizia infantile. Mi allontanai di qualche passo mostrando di voler raggiungere Alessio alla corsa, ma Egli mi richiamò.

- Parliamo dunque sul serio poichè lo volete. Non potete immaginarvi il bene che potrebbero fare le donne riconducendo la fede nel cuore degli scettici.

Improvvisamente, come mi succedeva tanto spesso con Lui, passai dalla gioia all'apprensione:

- Ah! - esclamai - deve essere ben difficile.

- Difficile, sì.

- Ma perchè gli uomini sono scettici? Io non capisco forse bene che voglia dir ciò, ma mi pare una brutta cosa. Di che dubitano alla fine?

- Delle donne.

- Vi pare giusto?

- E a voi?

- A me no.

Egli irruppe con impeto:

- Allora perchè trovate che è difficile convincerli?

Non seppi rispondergli subito e intanto che cercavo la parola, mio cugino soggiunse, con un accento basso, dolcissimo, pieno di una inenarrabile malinconia:

- Se le donne sapessero quali tesori racchiude il cuore di un giovane! Più siamo nobili e buoni e più elevato è il nostro sogno femminile. Noi allora non vediamo la donna, la inventiamo, la fabbrichiamo noi con quanto c'è di meglio nella nostra fantasia. L'animo nostro allora come un albero in fiore, mette tutti i giorni un germoglio nuovo e tutti insieme noi li raggruppiamo intorno al nostro fantasma ideale. Ma poi viene un momento.... basta, ho forse torto di parlarvi così.

Effettivamente io non comprendevo. Molte volte mi pareva che noi due ci somigliassimo appieno, che fossimo eguali di cuore e di mente; molte altre invece vedevo disegnarsi tra me e Lui grandi macchie ignote, sorgere ostacoli che non conoscevo, aleggiare pensieri che non avevo mai avuti, e sentivo la presenza di una quantità di forze che non sospettavo neppure, quasi un mondo dove Egli vivesse e che fosse per me chiuso. Capisco bene che non riesco a spiegarmi ma mi è così difficile anche l'intendermi, poichè tutte le nostre sensazioni assumevano una forma vaga, indistinta e i nostri discorsi non li finivamo sempre, presi e soggiogati dal fascino di ciò che non si può dire a parole. Dal canto suo credo che subisse le altalene del dubbio ed ora mi credeva degna delle sue confidenze, ora no. Ora mi apriva l'anima sua, generoso, ardente, ora si trincerava in una freddezza superba. Però dopo gli ultimi frammenti di colloquio ci sentivamo più uniti, più vicini. Era, in me almeno, una vaga speranza di accordo del quale mi cresceva ad ogni istante il bisogno e fui beata quando lo vidi cedere al desiderio di venire tutti i giorni. Pregustavo lungamente la dolcezza della sua visita; la pregustavo nell'aprirsi delle finestre davanti al nuovo sole, nell'andirivieni dell'Orsola che spalancava il salotto e metteva a posto quella sedia che Egli avrebbe rimossa ancora, nelle occupazioni che intraprendevo seguendo il suo spirito di perfezionamento, per cui il piacere di pensare a lui assumeva davanti alla mia coscienza semplice e priva di esperienza la profonda soddisfazione di un dovere compiuto. Vedevo anche volontieri l'affetto che Egli aveva saputo destare nel mio piccolo Alessio e i progressi che il bimbo faceva sotto di Lui. Solamente Orsola e Pietro, colla diffidenza che hanno i vecchi per ogni innovazione, erano rimasti un po' in disparte, ma a poco a poco si ammansavano. L'Orsola aveva pur dovuto convenire che quest'unico mio parente rappresentava bene la famiglia e Pietro approvando si era accontentato di soggiungere: Per quello che si può giudicare. Eravamo dunque tutti felici - io e il mio piccolo mondo.

Una domenica uscendo di chiesa con Orsola e con Alessio scorsi da lungi mio cugino che ci veniva incontro sorridendo.

- Che miracolo! - feci io.

- Era pur necessario che vi facessi una improvvisata perchè a vedermi sempre in un dato posto e in un dato luogo devo venirvi in uggia. Le donne amano la varietà.

- Mi piacerebbe che non mi confrontaste troppo colle altre donne. È poi vero che mi assomigliano? Faccio una vita troppo diversa dalla loro per non essere un po' diversa anch'io. Intanto vi dichiaro che di questa improvvisata la parte che preferisco è proprio quella che conoscevo già.

- Cugina, voi mi guastate.

Disse così, ma mi accorsi che il complimento gli avea fatto piacere. Quando era contento i suoi occhi brillavano in un modo affatto speciale e stringeva le labbra quasi stesse assaporando nell'aria una fuggente sensazione di voluttà.

- Sapete, poichè il guasto lavora ed io sento che sto per diventare importuno, che potreste farmela anche voi una bella improvvisata?

- Per esempio? (il cuore prese a battermi).

- Penso che una piccola diversione, venti minuti di cammino, vi condurrebbero alla Querciaia. Deve essere del tempo assai che non la vedete ed io sarei fiero di mostrarvene i miglioramenti.

Prima che io aprissi bocca, Alessio gridò:

- Sì! Sì! andiamo alla Querciaia.

- La visitai due o tre volte quando c'era vostra madre, ma siccome la cara donna era inferma non potei vedere nulla oltre il salottino dove ella stava abitualmente.

- E la sala vecchia?

- Non la conosco.

- E il giardino?

- Nemmeno.

- Oh! allora bisogna proprio venire. Orsola non avrà difficoltà ad accompagnarci, vero?

L'Orsola, direttamente interpellata, si credette in dovere di fare dei complimenti; disse che non era abbastanza ben vestita per mettersi insieme ai signori, che non meritava l'onore e tante altre belle cose, in seguito alle quali mio cugino toccò leggermente la frangia del suo scialletto e concluse:

- Benissimo, dunque siamo intesi, avanti.

Ritengo che ognuno di noi fosse intimamente contento di quella gita, ma la gioia di Alessio varcò tutti i confini. Aveva visto una sol volta la Querciaia e gli era rimasta impressa nella memoria per i suoi folti boschi pieni di uccelli. Egli però non credeva che si potessero prendere mettendo loro un granello di sale sulla coda, la qual cosa faceva dire a Pietro che i ragazzi del giorno d'oggi sono troppo furbi. La casa che prendeva il nome dalle fitte quercie che la circondavano era un ammasso curioso di fabbricati di diverse epoche, sovrapposti od aggiunti di mano in mano dagli ultimi proprietari con una singolare indifferenza dello stile e dell'architettura che li aveva preceduti; ma quei tetti alti e bassi, quel campionario di finestre d'ogni grandezza e d'ogni forma, non presentandosi con pretese di palazzo disarmavano la critica; avevano l'aria di dire: siamo un po' buffi, ma abbiate pazienza, ci hanno fatti così. Un piccolo domestico venne ad aprirci il cancello del cortile e un giovine cuoco pose fuori da una finestra il suo tondo viso incorniciato dal berretto bianco.

- Ecco la mia servitù, campione e merce - disse mio cugino additandomeli.

- Sono ben giovani.

- Voi avete la casa moderna coi servitori antichi; io ho la mia vecchia bicocca con questi due giovani merli a custodirla. Come si fa! La cameriera di mia madre che ci stava da ventidue anni è morta subito dopo la sua padrona e io dovetti prendere quello che potei trovare.

L'Orsola sembrava assai meravigliata che una casa senza donne potesse reggersi in piedi e furtivamente andava scrutando tutti gli angoli coi suoi occhietti esperti di massaia. La sorpresi anche a toccare con un dito la superficie dei mobili per assicurarsi che non c'era polvere. Del resto l'aspetto generale dell'interno era in perfetta armonia colla facciata. Per andare da una camera all'altra c'erano quasi dappertutto gradini da salire o da scendere, ciò che formava la delizia di Alessio. Mio cugino faceva gli onori con molto garbo; ad ogni tratto mi dava la mano e mi guidava nei passaggi difficili.

- Convengo - disse Egli con una modestia tra finta e vera - che non c'è qui gran che da vedere e devo chiedervi scusa se mi sono valso di una menzogna per procurarmi il piacere di una vostra visita.

Mio cugino non mi aveva abituata a troppi complimenti e compresi che se allora me ne faceva qualcuno era nella qualità di padrone di casa educato; pure gliene fui molto grata e lo ricambiai assicurandolo che la sua casa era interessante; nè mi parve di aggiunger nulla alla verità. Una soddisfazione tutta intima l'avevo poi nel percorrere passo a passo le stanze che Egli abitava, che lo avevano visto nascere, che Egli doveva certamente amare. La vecchia sala mi parve assolutamente bella, colle sue dorature rimaste intatte accanto al broccatello stinto e col gran numero di ritratti che coprivano le pareti. Mi ricordai a questo proposito che l'ordinamento dei ritratti era stata una delle sue grandi occupazioni appena giunto alla Querciaia e volli che mi mostrasse la leggiadra bisavola alla quale i topi avevano portato via il fazzoletto.

- Oh! eccola, eccola - Egli disse tutto lieto - l'ho collocata al posto d'onore perchè veramente è la bellezza della famiglia. Procurate di trovarle qualche somiglianza con me... Ma non guardatela così da vicino, vi prego, non avete la luce giusta.

Mi prese dolcemente per un braccio e mi collocò nella visuale che gli sembrava più opportuna perchè il quadro potesse ottenere tutto il suo risalto e, tuttochè allentando la mano, Egli la tenne ancora sul mio braccio finchè mi ebbe spiegate le finezze del dipinto che mi parve veramente delizioso. Era, sopra un fondo giallo, una signora vestita di nero, col bel collo e colle braccia nude circondate da una trina vaporosa di una esecuzione e di un effetto sorprendenti. La testa acconciata a *toupet*, colla cipria, nascondeva il colore dei capelli, ma l'arco fino delle sopraciglia era nero e di un nero più pallido un po' dorato, gli occhi, pieni di una grazia altera. Un sorrisetto impercettibile errava tra le labbra serrate e nella posa di tutto il busto trapelava una leggera aria di sfida che le conferiva una seduzione acuta e rara. Le mani della bella creatura, attaccate al braccio con un polso di una delicatezza aristocratica si prolungavano sottili, quasi diafane, a sostenere una rosa carnicina.

- Vedete, lì c'era il famoso fazzoletto di trine che i topi si sono portato via ed io accomodai la rottura quasi in ginocchio, come un celebre frate del quattrocento dipingeva le sue Madonne. Ma accanto a quelle trine lì non mi arrischiai di metterne nessun'altra, capite, nevvero? E allora ricorsi ad una rosa.

- L'avete dipinta voi questa?

- Certo. Le rose sono tradizionali nella nostra famiglia, non lo sapete? Il nostro stemma porta una rosa al di sopra di due spade incrociate e mio nonno fece piantare i famosi rosai che coprono queste vecchie muraglie; li vedrete meglio quando scenderemo in giardino. Io amo molto le rose. Ma prima di staccarci da questo ritratto, osservate, vi prego, l'espressione interna che il pittore ha saputo rendere. Un bel profilo, una bella bocca, due begli occhi, due candide, sottili e rotonde braccia non sarebbero alla fine gran cosa se dietro e dentro a tutto ciò non si vedesse la molla segreta che agisce, l'anima. Ciò che forma il fascino di questo ritratto è la sua personalità. In quella vitina nera, noi vediamo rizzarsi una volontà imperiosa ed energica, vediamo la malizia intelligente di quel sorriso; quelle pupille brune che hanno del falco e della colomba insieme ci rivelano un temperamento di squisita e superiore femminilità. La donna che ha ispirato una simile tela doveva essere forte e soave. è per questo che io l'amo. Oh! ma dite se non è un dolore a pensare che quelle mani nate per guidare alla luce si sono disfatte sotterra in preda ai vermi!

- Non si saranno rinnovate esse?

Così mormorai timidamente - e poiche vidi lo sguardo di Lui fisso sulle mie mani mi sentii presa da un grande turbamento. Per qualche minuto non osservai più nulla di quello che seguì. Attraversammo due o tre altre stanze, finchè, davanti a un uscio semichiuso, mio cugino disse:

- È la mia camera.

Intravidi confusamente il biancheggiare di un letto in mezzo a due alte librerie di stile severo. Lì accanto si apriva una specie di terrazzo coperto dove stavano riunite le memorie dei suoi viaggi: curiosità levantine, oggetti artistici dell'Italia, manifatture inglesi, gingilli francesi, armi spagnuole.

- Non vi riposerete un momento? - disse Lui.

Sedemmo in ampie e comode poltrone coperte di cuoio davanti a una tavola tutta ingombra di carte geografiche, di disegni, di atlanti. Egli prese un Album e aprendolo:

- Volete vedere i miei schizzi a matita?

Un centinaio di disegni sfilarono sotto i miei occhi colle linee vive dell'impressione côlta dal vero. Qualcuno sembrava appena abbozzato, qualche altro più attentamente condotto aveva finezze di artista.

- Siete stato in tutti questi luoghi? - domandai meravigliata e quasi invidiosa di tante memorie. - Quante cose sapete!

Mio cugino, poi che Alessio e Orsola si estasiavano innanzi a un gruppo di ouistiti impagliati, prese a voltarmi i fogli dell'Album attirando la mia attenzione sui punti che lo avevano maggiormente interessato, facendomi passare dal Bosforo al Tamigi, da Pompei a Trianon, da Saragozza a

Norimberga. A un tratto disse:

- Questa è una vecchia strada di Parigi.

- Parigi! - esclamò Alessio correndo verso di noi - dove sta il babbo.

Anche l'Orsola colpita da quel nome, volle venire a guardare dietro la spalliera della mia poltrona e la udii che mormorava tornando al gruppo degli ouistiti: "Non vale proprio la pena di lasciare il proprio paese." Io arrossii lievemente ponendo la mano distesa sotto la fronte a schermo degli occhi. Egli vide e con grande delicatezza cambiò la corrente delle idee, sorvolando sul mio imbarazzo sì che l'antica tristezza, per un momento risorta, tornava a quietarsi nell'onda di letizia che mio cugino sapeva diffondere intorno a sè; una letizia profonda e serena di spirito superiore, di chi sa elevarsi al disopra di ogni miseria umana e dominarla. Era precisamente questa impressione di sentirmi sorretta e portata che mi faceva stare tanto bene accanto a Lui, che mi metteva nel cuore una fiducia più dolce di qualsiasi sentimento, che mi faceva trovare qualche cosa della indulgenza di un maestro buono anche nelle sue violenze. E là nella sua casa, nella casa piena di Lui, sentivo l'orgoglio e la soavità insieme d'essergli parente. Una scaletta esterna mascherata sotto le rose ci condusse nel giardino ampio e riccamente ombreggiato.

- Dovete dimenticare - disse mio cugino - il viale così ben tenuto della vostra villa per trovare qualche vaghezza in questa boscaglia.

Non ero di tale opinione. Qualsiasi altro giardino non avrebbe vestito meglio la casa bizzarra alle cui muraglie nere salivano i tralci dei rosai con una violenza di fioritura che nessun artificio frenava. Era un irrompere di rose di tutti i toni, di tutti i colori, bianche, scarlatte, gialle, che si aggrovigliavano in libera scelta, ottenendo effetti impreveduti di contrasto e sinfonie armoniche che l'arte più sottile non avrebbe neppure immaginato e dietro a queste rose le alte querce si profilavano sulla trasparenza del cielo, solenni e austere. La mia ammirazione restava muta, mentre l'Orsola si diffondeva in esclamazioni e Alessio faceva dieci domande ad ogni minuto. Mi scendeva sopratutto intimo e inebbriante al cuore il piacere che trapelava dagli occhi e dalla voce di mio cugino; quantunque Egli non abbandonasse il contegno riserbato che era in lui duplice effetto di educazione e di natura, sentivo nella mia dolcezza la dolcezza sua. Non so fino a quando sarebbe durata l'estasi di quella visita se l'orologio suonando non ci avesse ammoniti che il tempo passava.

- Signore Iddio - fece Orsola - come è tardi!

Ci accomiatammo sorridendo, un po' trasognati, come presi da un incanto. Prima di uscire dal giardino Egli si accostò a un cespo di rose carnicine e staccandone un fiore me lo porse.

- È la rosa della mia bisavola - disse.

Non vidi la strada del ritorno. Pietro ci aspettava dieci passi fuori della porta, guardando ora a destra ed ora a sinistra con una mano sul fianco, perchè non era mai capitato un ritardo simile. Quando ci vide tutti e tre, mise fuori un gran sospiro di sollievo.

- Di che cosa temevi, buon Pietro? l'orco non c'è più.

- Temere bisogna sempre.

Così rispose Pietro che rappresentava in casa mia il senno e la prudenza e forse per non lasciar svanire l'effetto del consiglio, durante gli ozî del pomeriggio festivo, raccontò ad Alessio la favola del lupo che si era messo una pelle di pecora per poter penetrare nell'ovile.

- Pietro - gli dissi ridendo - tu sei pessimista. A udirti bisognerebbe diffidare del mondo intero.

- Gli uomini sono cattivi, signora.

- Tutti?

- Tutti un poco e a certe ore.

Mi affrettai a togliere dalla testina di Alessio questa affermazione recisa dicendogli che gli uomini sono sempre buoni purchè il vogliano. Io ne ero tanto persuasa! Parlai, giuocai e risi con Alessio durante il resto del giorno. Verso sera caddero quattro goccioline di pioggia che ci impedirono di scendere in giardino. Alessio allora andò in cucina dove l'Orsola stava preparando certe conserve di suo gusto ed io mi posi al cembalo. Da quanto tempo non me ne occupavo più! Le cartelle di musica si trovavano in un grande disordine. Non sono mai stata una esecutrice di molto valore, avendo piuttosto disposizione per il canto che per la musica, ma conoscevo abbastanza bene gli spartiti di Porpora e di Scarlatti. Cercando così in mezzo alla vecchia musica, trovai una canzone che avevo dimenticata e mi venne voglia di provarla. Mi posi a leggerla con tanto ardore che non udii il passo di mio cugino; quando me ne accorsi smisi subito.

- Perchè? - Egli disse - ve ne prego, continuate.

- Oh! non merito un pubblico.

- Vi ho consigliato altre volte di non abusare della modestia, è una virtù deprimente. Scommetto che avete fra le mani un gioiello; lasciatemi almeno vedere.

- È una canzone antica.

- Che fa? Sono spesso così graziose queste canzoni. Incominciamo a leggerla.

"Un grido sconsolato
"cade del mondo ai piè;
"l'Amore s'è involato,
"l'Amor, l'Amor dov'è?"

- Ebbene, dove volete trovare una spontaneità più fresca e più giovanile?

"Spente son le tede,
"Solo nascosto egli è...
"cercatelo con fede,
"l'Amor, l'Amore c'è!

"Chiuso nel breve volo
"è forse d'un pensier
"o in uno sguardo solo
"o in un lungo tacer.

"o nella stretta altera
"d'una mano di gel,
"o dentro una chimera
"o in un sogno di ciel.

"o nell'odio o nell'ira
"o nella cieca fè...
"Se ride o se sospira
"s'anche è nascosto c'è!"

- Non è bella? non è bella? Ah! possibile!

Trasse una sedia accanto e si pose a cercare le note. Io allora lo aiutai, meravigliata dell'accento che Egli dava alla sua interpretazione.

- Anche musicista siete?

- Sicuro, sicuro. Tutto. Ma sapete che è carina la canzone? Via, fatemela sentire colla vostra bella voce. È appunto per soprano.

Non c'era garbo a rifiutare e cantai. Egli mi ascoltò con quella passione interna colla quale faceva ogni cosa, tenendo gli occhi non su di me e non abbassati a terra ma fissi innanzi nel vuoto dove certo vi era un mondo visibile per Lui solo: ma egli doveva pure vedermi in quel mondo e tale pensiero mi metteva un calore nelle vene di cui la mia voce doveva risentirsi. Quando ebbi finito non disse brava, ma vidi che stringeva le labbra in quel modo che io conoscevo e me ne venne al cuore una improvvisa onda di dolcezza. Allora anche, non so come nè perchè, una ignota voce d'istinto mi suggerì: Fuggi! Ma in qual maniera avrei potuto fuggire? E dove? Senza mostrare di accorgersi del mio turbamento, Egli riprese la canzone alla terza strofa:

"Chiuso nel breve volo
"è forse d'un pensier,
"o in uno sguardo solo
"o in un lungo tacer."

Quelle parole dette da Lui, mi producevano un turbamento nuovo che io credetti di poter dissimulare andandomi a sedere lontano e prendendo fra le mani un lavoro. Il giorno dopo, quando Egli mi disse: Non vorreste cantare oggi? - risposi di no ed Egli non insistette; tuttavia il motivo di quella canzone risuonava intorno a noi così morbido ed insistente e tacitamente inteso che pareva una carezza sospesa nell'aria. E ancora nelle sere seguenti, nè io cantai nè Egli me ne richiese, ma la canzone stava in mezzo a noi calda e palpitante come persona viva.

Intanto si era giunti all'agosto; la temperatura continuava a crescere, benchè le giornate fossero più brevi e il malessere prodotto dall'afa sembrava giustificare una sensazione di languore che mi prendeva spesso in mezzo alla gioia rinascente della mia vita. Passavano i giorni e le settimane in una grevezza di piombo fuso; io perdevo ogni energia. L'Orsola scrutando il cielo sentenziava: Questo tempo non cambia fino alla luna nuova. L'alba del 26 agosto mi schiuse le palpebre dopo una notte agitata e piena di sogni. Mi alzai rapidamente e assicuratami che Alessio dormiva tranquillo scesi in giardino e mi posi a passeggiare; ma ben presto il giardino mi parve angusto, escii nella campagna, presi i viottoli, costeggiai i ruscelli, entrai nei boschi, respirando con delizia l'aria del mattino ed esponendo il volto alla carezza dei rami che mi sprizzavano sulle gote accese una pioggerella di rugiada. Pei meandri intricati della selva i miei capelli si sciolsero e piovvero su di essi fogliuzze di robinie e profumati fiori di calicanto. Nell'erba umida le mie scarpe leggere perdettero ogni consistenza ed io sentivo il terreno molle sotto le piante dei piedi. Mi avanzavo nella luce del sole nascente, nell'umidore dei prati e i calici bianchi dei convolvoli e gli occhi azzurri delle pervinche si aprivano intorno a me come mani tese di amici, come sguardi di sorelle. Tutti i rumori del bosco erano canzoni, i pigolii dei nidi erano tutte preghiere ed io pure cadendo in ginocchio pregai in mezzo alla natura in festa come dinanzi all'altare di Dio.

Quando feci ritorno nella mia camera Alessio si svegliava allora chiamando mamma. Il resto della mattina dovetti impiegarlo nel regolare con Pietro i conti di casa; poi venne il dottore a visitare l'Orsola che aveva la tosse e più tardi due suore della carità a cercare l'elemosina per i fanciulli abbandonati. Le ore terribilmente lunghe del pomeriggio le passai coricata sul divano del salotto dove dormii e sognai di essere sospesa sopra un'onda in mezzo a un mare burrascoso e quanto più cresceva la burrasca l'onda si alzava portandomi in alto. Prima di pranzo scrissi una lettera d'affari e lessi per una mezz'ora Pascal, ma mi parve freddo. Il suo ritratto sul frontispizio del libro allontanava la mia simpatia; non è così che m'immagino un pensatore, un uomo fatto per trascinare le anime. Non dovrebbe egli avere una gran luce negli occhi? Verso il tramonto l'afa crebbe a dismisura, il cielo andava coprendosi di nubi; io ero spossata fino all'esaurimento. Quando venne mio cugino mi trovò seduta sotto i rosai accanto alla casa, non avendo nemmeno avuto lena di percorrere il sentiero. Era forse un po' prima dell'ora solita. Insensibilmente Egli allungava il tempo di stare con me; eravamo entrambi sempre più desiderosi di vicinanza, di comunione, ed era in entrambi una gran voglia di dirci tutto, tutto, fino i pensieri fuggevoli di un istante. Da me a Lui le più semplici parole si vestivano di un fascino misterioso che subivamo insieme, sì che eravamo giunti a intenderci con uno sguardo, con un piccolo movimento del capo. Qualche volta si diceva nello stesso tempo la medesima cosa.

- Soffrite? - domandò prendendomi il polso.

- Siete anche medico? - domandai alla mia volta sorridendo e senza aspettare la sua risposta soggiunsi - No, sto bene.

Stavo in quel momento veramente bene, con una dolcezza che mi allacciava tutta, per cui anche lo spossamento prodotto dal caldo si mutava in un simpatico languore.

- Che cosa avete fatto oggi? tornò a chiedere Egli, riconducendo delicatamente il mio polso sovra i miei ginocchi.

Dovetti rispondere anche questa volta, come tante altre, *nulla*, quantunque fosse così vivo in me il desiderio di potergli raccontare cose grandi e belle. E cademmo nel silenzio, strano silenzio che sembrava crescere in proporzione del desiderio di parlare ma che era tanto dolce, dolce come non saprei dire. In quello stesso posto, accanto ai rosai, vedevo sorgere lentamente la mia immagine piccoletta in un giorno in cui me ne stavo fra il babbo e la mamma, tutta festosa per un abitino che portavo per la prima volta, chiaro, a piccoli mazzi di ciliegie. Cogliele! cogliele! mi diceva Pietro che passava innanzi e indietro annacquando i fiori. Se mio cugino mi avesse vista allora! E se mi avesse vista quando caddi nel serbatoio dell'acqua per pigliare una farfalla che vi si era posata sopra! E quando trovandomi accanto al cancello col grembialino pieno di nocciuole le diedi tutte a un vecchio mendicante che aveva fame e che intascò le nocciole gettandovi sopra uno sguardo desolato! Il giardino conosceva la mia vita, anno per anno, giorno per giorno, mi aveva vista a ridere, mi aveva vista a piangere, mi vedeva ora immersa in quei pensieri; poveri pensieri senza dubbio, pensieri di donna.... Voltai la faccia per vedere che cosa faceva intanto mio cugino. Egli aveva preso un velo bianco che mi ero levata dal collo nei momenti della maggior caldura e lo teneva fra le mani brancicandolo, mi parve, con una nervosità insolita. Temetti di averlo annoiato col mio silenzio e gli rivolsi la parola. Egli non mi rispose che con un monosillabo inconcludente. Allora, poichè una corrente fresca aveva rotto improvvisamente l'aria, volli riprendere il mio velo ed Egli me lo cedette a stento, sempre senza parlare, con uno sguardo smarrito che non gli avevo mai visto. L'aria doveva essere molto mutata se, annodandomi intorno al collo il piccolo velo avvertii una sensazione assolutamente piacevole, tanto che lo strinsi e strinsi vieppiù per sentirmelo meglio contro la pelle.

- Il tempo muta, dissi poi, incominciando a provare l'inquietudine di un silenzio troppo prolungato.

Mio cugino sollevò gli occhi, guardò il cielo qua e là, rispose: Può darsi. E per quanto io cercassi alcuna cosa da aggiungere non trovai altro. Sorgevano intanto i lievi rumori della sera, gli insetti che si ritiravano nelle loro tane, qualche cane che abbaiava in lontananza, qualche foglia che cadeva nella grevezza dell'ora quasi gemendo di avere resistito tutto il giorno invano. Nella casa, il lume portato a mano dall'Orsola vagolava di camera in camera presiedendo i preparativi per la notte.

- Mamma - gridò Alessio dalla soglia dove era stato fino allora a trastullarsi con Pietro - ho sonno.

- Vengo, amor mio.

- Non allontanatevi - disse Lui; e la sua voce era di chi abituato a comandare, prega a fatica.

- Ma è l'ora.

- No, non è l'ora.

- Guardate come è buio.

- È il temporale che si prepara.

- è vero. Che cielo minaccioso!

Restammo cosi qualche istante, incerti, quasi cercando una parola suprema per spiegare una sensazione ignota. Alessio tornò a gridare: Mamma, ho sonno!

- Addio - pronunciai rapidamente levandomi in piedi.

Egli ripetè con una dolcezza penetrante:

- Non allontanatevi.

- Il bimbo ha sonno, siate ragionevole, amico mio.

Dissi *amico mio*, come non dicevo mai, perchè mi parve che in quel momento Egli avesse bisogno di una parola gentile. Rispose rassegnato: Addio. Io raggiunsi la scala senza voltarmi indietro, seguendo Pietro che portava il piccino già mezzo addormentato. Quando Alessio fu disteso nel suo lettuccio, quando l'ebbi baciato e ribaciato, tornai in anticamera a domandare a Pietro se aveva accompagnato mio cugino per fargli lume in quella sera tanto buia. Il mio domestico rispose che il signore era già partito e che egli era arrivato appena in tempo a chiudere il cancello.

- Bene - gli risposi - andate pure a coricarvi.

Era veramente ancora presto, non avevo sonno. Pensai di finire la serata leggendo quietamente, ma non trovai subito il libro che cercavo e mi indugiai un poco intorno alla musica, decisa tuttavia a non suonare per non svegliare Alessio. Volli continuare il mio ricamo ma sul gomitolo non c'era quasi più seta. Allora rimasi a lungo ritta nel mezzo della stanza, colle dita intrecciate dietro il dorso, immobile. Non so se mi parve solamente o se davvero qualche cosa di lieve battè intanto contro i vetri. Mi avvicinai alla finestra e l'apersi. Il tempo era sempre minaccioso; mi sporsi fuori sul davanzale guardando giù nel giardino. Dovessi vivere mille anni non dimenticherò mai più la voce che intesi:

- Myriam, sono io, ho bisogno di parlarvi.

- Quale follia - dissi procurando di conservare un tono basso e calmo - che cosa fate ancora lì? Chiamo Pietro; egli non s'è accorto che eravate in casa.

- Non chiamate alcuno; ho bisogno di parlarvi, ve l'ho detto.

Accorgendosi che esitavo, imbarazzata, Egli soggiunse:

- Apritemi, ve ne prego.

Accesi un lume e discesi. Nello schiudere la porta un soffio di vento mi spense la candela così che non potei frenare un piccolo grido. Egli tirò il catenaccio perchè l'imposta non sbattesse e prendendomi la mano mi trasse sulla scala semibuia senza pronunciare una sola parola, guidandosi al raggio della lucerna che usciva dal salotto. Non avevo paura, non potevo aver paura di Lui e tuttavia tremavo. Appena giunti nel salotto mi lasciai cadere sopra una sedia e gli chiesi angosciosamente:

- Che cosa volete?

Oh! ma come avrebbe potuto rispondere? Era pallido, di un pallore azzurrognolo, e i suoi occhi avevano una tale espressione di smarrimento che indietreggiai sbigottita. Egli si pose in ginocchio e nascondendo il volto nel mio abito vi soffocò una parola che non intesi. Mi sentivo diventar di gelo, colla sensazione di una sofferenza diffusa in tutto il mio essere e poichè la sua testa stava sempre sui miei ginocchi e le sue braccia si alzavano verso di me implorando, mi gettai indietro col busto, irrigidita dal terrore, cercando di sfuggire il suo contatto.

- Vi ispiro tanta ripulsione? - mormorò ancora la sua voce stranamente alterata.

- No, no, ma lasciatemi! - gridai in un impeto di paura, di dolore, di avvilimento.

- Myriam, vi amo.

- Non è vero.

Pronunciai queste parole con una amarezza che lo colpì. Si rizzò in piedi, col volto disfatto, cogli occhi torvi.

- Badate, quest'ora era vostra. Non mi avrete mai più così, mai più!

Chinai il capo sotto la misteriosa minaccia, stringendomi le braccia contro la vita con dei brividi di freddo; nè so quanto tempo passasse. Un lampo venne d'improvviso a rischiarare il buio vano della finestra; allora lo pregai dolcemente di andare a casa. Ritto e fiero nel mezzo della stanza, sembrava che Egli combattesse internamente una dura battaglia e già piegava ancora verso di me, già aveva una supplica negli occhi.

- Andate, andate, andate.

Io ridissi questa preghiera, cercando l'accento più persuasivo, più fermo e più dolce insieme. Uscì senza far motto. Lo seguii fino ai piedi della scala, disfatta, reggendomi a stento, udendo con terrore la pioggia che incominciava a cadere. Aperse la porta mentre uno scoppio di tuono scosse tutta la casa; la sua alta persona balenò per un istante sulla soglia, si curvò, disparve. Io mi accosciai a terra, singhiozzando, in preda a una convulsione di lagrime. L'uragano intanto si avanzava con una furia terribile, rombava nell'aria, muggiva nelle gole dei camini, ululava svettando gli alberi, schiantandone i rami con lunghi gemiti che parevano di persona viva. - Mio Dio, mio Dio - mormorai colla faccia contro il suolo - abbiate pietà di Lui! L'acqua scrosciava violentissima; per le fessure della porta entrava un vento gelato; i lampi e i tuoni si seguivano con una frequenza spaventosa. Uno specialmente fu così fragoroso che credetti ne sprofondasse la terra. Oh! dov'era Lui?... solo, nelle tenebre, fra l'imperversare della bufera.... A questo pensiero il freddo che mi rattrappiva le membra divenne fuoco ardente. Per un istante intravidi la folle tentazione di correre sui suoi passi, di chiamarlo.... Mi alzai, ricaddi, posi la mia testa infuocata sul gradino della scala, invocai Dio, invocai la morte.... poi non seppi più nulla finchè mi trovai fra le braccia di Pietro e di Orsola che mi ricondussero di sopra, inerte e docile come una bambina e mi posero a letto. Essi svegliandosi nella furia dell'uragano erano discesi per vedere se tutti i vetri fossero assicurati e trovandomi svenuta ai piedi della scala immaginarono che fossi discesa per lo stesso motivo, e che un malore m'avesse côlta.... Poveri vecchietti cari! Poveri vecchi che mi volevano tanto bene!

Tutta notte vegliai prestando l'orecchio al vento che non ebbe mai posa tutta notte - e sempre con quella impressione di dolore, di colpo portato in pieno petto. Avevo un bisogno irresistibile di piangere e non potevo. L'incanto era rotto. Sei mesi di dolcezza, quasi di felicità, erano dileguati, non sarebbero tornati più, distrutti da un istante così breve. Avevo pianto tanto quando erano morti mio padre e mia madre, eppure sapevo che dovevano morire; *ma Lui perchè aveva fatto questo?* Ecco, pronunciavo anch'io parole più grandi delle altre, come certe parole che Lui pronunciava, dandomi la visione di un mondo superiore. Egli non mi aveva creduta degna di seguirlo per quella via. Non mi aveva amata; ah! sopratutto non mi aveva amata mentre io fidavo tanto in lui! A questa considerazione un fuoco violento mi salì alle guancie e un desiderio di batterlo, di umiliarlo, di dirgli che era stato vile. Alcune storie udite qua e là, certi apprezzamenti dei quali nella mia assoluta ignoranza della vita non avevo compreso la portata, mi tornavano in mente tumultuosi, maturando con una precipitazione dolorosa tutto ciò che era rimasto incompleto nella mia piccola esperienza di donna solitaria. È dunque così che le donne cadono ed è di questo che insuperbiscono gli uomini? Ed Egli pure! Egli pure!!... Strisce arroventate mi solcavano la fronte, il collo, il petto; le tempie mi battevano disordinatamente. L'uragano era oramai una cosa sola con me stessa; il vento che flagellava gli alberi flagellava pure le mie membra ardenti di febbre; udivo nello scrosciare della pioggia le mie stesse lagrime, le lagrime avare che gli occhi non volevano darmi. Ecco, si aprivano una strada attraverso le cateratte del cielo, scorrevano nella valle, sui monti, nelle foreste, sulle case dei placidi dormienti, nel sonno ininterrotto dei rudi lavoratori, nella veglia attenta e amorosa delle madri, nelle visioni alate dei bimbi, forse in qualche insonnia pensosa di un vecchio prossimo alla tomba. - Scorrevano le lagrime brucianti del mio cuore, insieme alle lagrime di tutto il mondo in quell'imperversare di tutti gli elementi.... Orrida notte durante la quale agonizzò l'anima mia fino all'ultima resistenza del soffrire. Neppure verso l'alba mi chetai. Orsola che non aveva voluto abbandonarmi e che si era addormentata sopra una poltrona, venne a toccarmi la fronte.

- Hai la febbre Myriam, bisogna chiamare il medico.

Non mi opposi e non dissi di sì, indifferente. Orsola andò subito a svegliare Pietro perchè potesse trovare il dottore in casa prima delle sue visite del mattino. Poi tornò al mio capezzale, mi diede da bere, mi baciò due o tre volte le mani con una passione muta e concentrata.

- E Alessio? - disse improvvisamente - il caro piccino non s'è accorto di nulla. Guarda come dorme!

Sollevò leggermente il velo sulla culla di mio figlio e me lo mostrò tutto roseo nel sonno. Provai allora un impeto tale di tenerezza che balzando fuori dal letto corsi alla culla e mi lasciai cadere in ginocchio lagrimando. Orsola, spaventata, temeva che fossi in preda al delirio della febbre. Per tranquillizzarla tornai a coricarmi, lasciandomi rinvoltare da lei nelle coperte con quella docilità che le faceva tanto piacere, e mettendomi colla faccia verso il muro continuai a piangere adagio adagio. Quando venne il dottore non mi trovò una vera febbre, ma solo uno stato di grande eccitamento per il quale mi consigliò il riposo. Non durai fatica a stare a letto tutto il giorno perchè ero desiderosa di solitudine, di silenzio, di una libertà piena e completa che mi permettesse di ritrovarmi colla mia coscienza. Volevo indagare la folla di pensieri contradditori che mi agitavano commisti a irritazione, a sdegno, a tristezza e a non so quale reconditta oscura soddisfazione che non sapevo decifrare. Anche una curiosità mi venne e insieme un timore. Quale contegno avrebbe Egli tenuto d'ora in avanti? Mi avrebbe chiesto scusa? Questo lo giudicavo indispensabile. Egli aveva mancato verso di me in tutti i modi, abusando della mia inesperienza, della mia solitudine e della mia fiducia in Lui. Era stato vile, era stato vile. Ma dovendo riconoscere questa terribile verità vedevo aprirmisi davanti un abisso. A chi avrei creduto d'ora in poi? Pensavo la mia umiltà ardente e mi vergognavo di averlo ammirato tanto, di averlo collocato nel mio pensiero al di sopra degli altri uomini. Era forse Egli niente più che un ipocrita? Appena tale sospetto si venne formando dentro di me, appena il suono delle sillabe mormorate a fior di labbro si ripercossero contro le pareti del mio cervello, un urto di protesta mi scosse il petto, come se qualcuno conscio e vigile avesse gridato: No! - E per un po' di tempo ogni idea mi rimase sospesa, paralizzata. La furia dell'uragano erasi intanto domata, non vinta interamente. Io vedevo il cielo e un lembo di collina attraverso le tende di velo della mia finestra. Il vento soffiava ancora ma meno impetuoso, gli alberi resistevano, alcuni sprazzi di azzurro apparivano qua e là vincendo la collera delle nubi. Alessio era venuto allora a salutarmi; avevo nelle mani la freschezza delle sue manine e sulle guancie il suo bacio un po' umido odorante di uva spina. Nel seguire cogli occhi la sua piccola persona che si allontanava pensai: Ecco un uomo! Così le idee ritornavano a pulsare nel mio cervello e mi parve di vedere mio cugino fanciulletto, a correre su e giù per le stanze della Querciaia. No! - disse ancora la voce dentro di me. Prendendo a esaminare la condotta di mio cugino da quel luminoso giorno di febbraio in cui mi venne davanti (lo rammentavo nella luce vampante delle cortine rosse) che cosa potevo io rimproverargli? Non era stato leale sempre? Sincero sempre? Per sei mesi continui Egli aveva portato l'elevazione nella mia anima. Sei mesi potevano bene bilanciare un'ora. Un sentimento nuovo, quasi di compassione tenera e materna sorgeva in me per quel torbido istinto maschile che fa vacillare i più forti - e insieme una gioia di essergli stata accanto nella prova, di sentire che potevo perdonargli. Innanzi a questo pensiero sbolliva l'ira. Ciò che vi era di generoso nella mia risoluzione mi rialzò a' miei propri occhi e non dubitai che avrebbe ottenuto presso di Lui lo stesso effetto. Le mie lagrime rincominciarono a scorrere, ma così dolci! Intravedevo già la sua confusione, il suo pentimento e la soavità di quell'istante in cui tutto sarebbe stato cancellato. Mi fermai a questo pensiero, perchè la mia piccola testa non reggeva a un lavorio così nuovo per essa. Avendo trovato un punto di sostegno e di consolazione mi vi abbandonai riposando per un po' di tempo in una specie di torpore benefico che somigliava al sonno. Apersi gli occhi che già le ombre della sera invadevano la camera e mi prese il terrore che Egli venendo mi trovasse a letto. Saltai giù, mi vestii rapidamente, passai appena il pettine nei capelli, entrai nel salotto.

- Signore Iddio! - fece l'Orsola.

Alessio tutto contento corse ad abbracciarmi; Pietro udendo la mia voce, venne a darmi il buon giorno. Io li persuasi tutti che mi sentivo bene, che dal momento che non avevo febbre era inutile stare a letto. Volli pranzare e fui molto allegra, di un'allegria artificiale, come se avessi bevuto dello sciampagna. Però via via che il tempo passava, mi cadevano le parole. Ad ogni stridere di ghiaia in giardino, al più piccolo rumore indistinto trasalivo e mi prendeva una inquietudine che non mi fu possibile nascondere a lungo.

- Penso, signora (l'Orsola in presenza di altri, fosse pure solamente Alessio, non usava mai il tu) che avrebbe fatto meglio a non muoversi.

- Forse hai ragione.

- Vuol tornare a letto?

- Aspettiamo ancora un momento...

Tenevo Alessio contro i miei ginocchi mostrandogli le figure di un libro di storia naturale, ma ero agitata per modo che non riuscivo a voltare i fogli: a un tratto dissi:

- Deve essere ben tardi!

- Sicuro che è tardi - replicò la mia buona Orsola, insistendo nella sua idea - appunto per questo deve coricarsi.

Mi alzai, inquieta, senza rispondere e andai ad appoggiarmi al davanzale della finestra dalla quale si scorgeva il viale in tutta la sua lunghezza e le aiuole del giardino peste e malconce.

- Poveri alberi, poveri fiori, come sono ridotti! - esclamai compassionando essi e il mio cuore insieme.

- Il temporale di questa notte è stato una rovina. Due alberi furono sradicati a poca distanza di qui e il figlio dello scaccino che si trovava in istrada venne buttato a terra dalla furia del vento.

Queste notizie non erano fatte per calmarmi. Egli pure si trovava in istrada sotto la bufera; io stessa ve lo avevo cacciato! Una specie di rimorso si aggiunse alla mia inquietudine e rimasi cogli occhi fissi sul viale, incantata da una nuova visione di dolore. Entrò Pietro colla lucerna accesa. Io dissi ancora:

- Ma è dunque ben tardi!

Dietro l'inquietudine, dietro il rimorso, ecco sorgere una malinconia acuta che mi dava al cuore delle strette di morsa. Perchè non veniva?... Vi fu un momento in cui Alessio seguì l'Orsola in cucina ed io tornai a precipitarmi col busto fuori della finestra come se avessi potuto attirarlo col desiderio. Perchè non veniva? Il cielo era buio con poche stelle. Un'aria purissima, frizzante, tutta imbevuta dei fiori e dei rami recisi palpitava al di sopra degli alberi, sembrava il respiro stesso della notte adagiata ne' suoi umidi veli. Dopo tanti giorni di caldura opprimente quella freschezza appariva una benedizione. Ma perchè Egli non veniva? A un tratto l'Orsola si presentò sulla soglia colla determinatezza di una risoluzione invincibile:

- Cara signora il letto è pronto.

Risposi opponendo una fiacca resistenza, mormorando: Sì, sì.... E mi indugiai a guardare i quadri appesi alle pareti, a raddrizzare un fiore nella giardiniera, a stendere sulle poltrone un ricamo gualcito. Feci una sosta esterefatta innanzi alla pendola del caminetto; la sfera segnava nove ore. Nessuna illusione era più possibile.

- Andiamo - sospirai con un accento così debole che Orsola dovette indovinarlo più che sentirlo.

Poco dopo tutta la casa era buia, tutti gli usci e le finestre chiuse, il silenzio profondo. Cogli occhi sbarrati nella oscurità io mi domandavo ancora: Perchè non è venuto? e di tutti i sentimenti provati in quelle ventiquattr'ore; lo sdegno, la vergogna, la pietà, il perdono, il rimorso, la tristezza, quest'ultima sola rimase dilagante, sconfinata. Che cosa era dunque accaduto che io non potevo indovinare? e d'onde mi veniva tanto dolore per un fatto che avrebbe dovuto offendermi anzi che rattristarmi? Avevo paura de' miei pensieri, avevo paura d'indagarli. Volli dormire ma non vi riuscii, quantunque il sonno mi gravasse le palpebre. Un'idea mi stava fissa nel cervello tormentandolo: Ieri a quest'ora Egli era qui! Con una incoscienza di sonnambula scivolai fuori dal letto, riaccesi il lume, tornai nel salotto. Là mi fermai immobile. Quello era il posto, quella l'ora. La medesima sedia sulla quale ero stata seduta quando Egli mi si inginocchiò davanti era ancora vicino alla tavola, un po' di traverso, come aspettando. Che ansia mi prese nel rifare a memoria il piccolo colpo che mi era parso di udire contro i vetri.... Non osai aprirli, non osai! Mi posi sulla sedia e mi sembrò che ardesse. Una allucinazione strana mi faceva sentire il calore del suo respiro, la sua testa appoggiata a' miei ginocchi, le sue mani alzate a implorarmi - e non era più una sensazione di spavento, era una sensazione di ebbrezza.... Dio! Dio! ma dunque lo amavo! Quale nuovo abisso di pensieri e di dolore! Mi chiusi la fronte coll'istintivo bisogno di sfuggire a tutto quello che mi circondava, a me stessa se avessi potuto. Pensare non era più possibile; nessuna idea, nessun concetto, nessuna parola riusciva a rompere la pesantezza del mio cervello che avrei potuto credere paralizzato se una specie di chiodo martellante sul cranio non mi avesse dato colla sensazione di una orribile sofferenza anche quella della vita. Chi sa quanto tempo rimasi là, sola! La candela si accorciava a poco a poco e le ombre crescevano nella stanza disegnando sul pavimento delle lunghe striscie mobili che mi facevano trasalire. Un gran freddo che mi prese prima alle braccia e poi in tutto il corpo mi ricondusse nel mio letto, dove appena giunta spensi il lume e mi gettai colla faccia in giù, sprofondata, annientata. Ebbi veramente la febbre, così che rimasi alcuni giorni in preda a un torpore continuo. Solamente verso sera mi prendeva un po' di inquietudine e spiavo i rumori di fuori, ma nessuno e nulla entrò dalla porta invincibilmente muta; non una persona, non una lettera. L'agonia della aspettativa si prolungava nel modo più straziante; io non avrei mai creduto che il silenzio potesse torturare con tanta raffinatezza. Una sera, sentendomi un po' meglio, Alessio giuocava seduto sul mio letto. A un tratto esclamò:

- Ma perchè nostro cugino non viene più?

Chinai il capo con una confusione di colpevole e Pietro che era entrato colle medicine mi disse di aver visto il suo servitore e saputo da esso che il signore si trovava assente. Fu un momentaneo sollievo; Pietro soggiunse di avergli a sua volta comunicato la notizia della mia malattia e questo mi turbò. Che cosa ne avrebbe pensato Egli? E dove si trovava? E perchè era partito? E quando sarebbe ritornato? Nuovi pensieri, nuove congetture, nuovi dubbi e terrori; nuova angosciosa aspettativa. Altri eterni giorni passarono ancora. Mi ero ristabilita in salute, ma vagavo per la casa come un'anima in pena, o piuttosto come un corpo che ha perduta la sua anima. Una mattina l'Orsola venendo in camera a portarmi il caffè disse che c'era stato un uomo della Querciaia a domandare mie notizie in nome del suo padrone che era ritornato. Mi balzò il cuore per la gran gioia. In tutti quei giorni di sofferenze avevo quasi dimenticata l'offesa, solo sentivo il vuoto della sua lontananza. E ricominciai ad aspettare un giorno, due giorni.... Mi trovavo con mio figlio presso il cancello del giardino - era un bel pomeriggio di settembre - Alessio stava scuotendo un alberello di piccole mele rosse quando si pose a gridare battendo le mani:

- Eccolo, eccolo!

Come può reggere il cuore a simili commozioni? il fragile cuore che si spezza così facilmente, che per un lieve urto sospende tante volte per sempre il suo battito? È una cosa che non ho mai potuto capire. Il mio cuore in quel momento parve voler scoppiare e subito dopo, quando Lo vidi ritto innanzi al cancello, si strinse improvvisamente, impietrò. Sentivo che una maschera di gelo copriva la mia faccia. Alessio che aperse il cancello e gli corse fra i ginocchi tempestandolo di domande mi lasciò il tempo di trovare un contegno indifferente, il solo dietro cui potessi riparare in quel subito assalto. Veniva Egli coll'intenzione di farmi visita, o passava per caso e per curiosità? Non lo seppi mai. Egli ad onta della grande disinvoltura, evitò nei primi momenti di parlarmi direttamente e dopo di avermi salutata si rifece con Alessio rispondendo con una certa agitazione alle sue domande infantili. Solo più tardi mi chiese:

- E la vostra salute?

- Io sto benissimo, sono sempre stata bene; sapete, i miei vecchi mi amano tanto che trasformano in una malattia ogni mia emicrania.

Mentii così, con piacere, per un bisogno pudico di nascondergli le mie sofferenze. Egli mi prese alla lettera, sbozzò un sorriso e raccattato un sasso sul viale invitò Alessio a una sfida di tiro contro un punto lontano. Chiacchierò poi del più e del meno con volubilità, senza approfondire nessun argomento. Mezz'ora prima del pranzo prese commiato. Questa visita mi lasciò un lungo strascico di amarezza, un malcontento, una inquietudine. Tornò due giorni dopo alla stessa ora, col medesimo contegno distratto e superficiale. Alla terza o alla quarta visita compresi che la spiegazione non sarebbe più venuta. Tutto era finito nel modo più impreveduto e più volgare. Ma se tutto era finito esternamente, le dolci sere passate insieme, i lunghi colloquii, le confidenze, le trepide attese e la irrompente gioia di sentirmi vicina un'anima come la sua, non era finita, no, la trasformazione della mia anima. Egli mi aveva presa su di un piccolo romito sentiero e sollevandomi in alto colle sue ali poderose mi aveva mostrato gli orizzonti della vita. Ora toccava a me a salire colle mie proprie ali. Era il momento di mostrarmi degna di Lui. Io avevo bene letto (poichè leggevo ora) che si inghirlandano i battelli e le leggere navicelle prima di lanciarli sulle onde in preda ai turbini e alle tempeste. Avevo avuta io pure la mia ghirlanda, basta. Può un fiore durare più di un fiore? Ma mentre mi rendevo così ragione di tutto non ritrovavo la calma. L'amo! l'amo! l'amo! Questo grido disperato echeggiava per tutti gli angoli della mia casa, nel salotto austero che prendeva sotto il sole un ardore di fiamma, nel giardino tante volte percorso insieme, nel bosco delle acacie dove una sera mi ero sentita invasa dai suoi ideali, alla finestra che sembrava aver ritenuto l'eco della sua voce prorompente nel silenzio della notte, sul guanciale in cui avevo soffocati i primi singulti del mio amore. Strana e dolorosa ironia, finchè Egli mi era vicino e fedele non mi ero accorta di amarlo; ora, ora divampava l'incendio, ora che lo perdevo! Un acuto martirio diventarono da allora in poi i nostri colloqui, dove al simpatico abbandono subentrava la diffidenza e l'osservazione continua. Il non venir più alla sera, in quell'ora che sembra stringere più dolcemente gli affetti, mi dava una vera e profonda malinconia. Sembrava una tacita conferma della sua minaccia: *Non mi avrete mai più così, mai più!* Soffrivo e non volevo mostrarglielo; piangevo in segreto e mi presentavo a Lui sorridente e gaia; ma a tutto il mio lavorio di indifferenza Egli ne opponeva un altro egualmente tenace di durezza, quasi di sprezzo. Il maggior punto della sua difesa in questo senso era di non intrattenermi più de' suoi pensieri, de' suoi progetti, de' suoi sogni. Se tentavo di ricondurlo su questa via, se gli chiedevo di Lui, rispondeva: "Oh! che volete mai che vi dica!" e vi era tutto un sottinteso di allontanamento e di freddezza che mi feriva nel più profondo del cuore. A volte la sua crudeltà mi suggeriva una fiera ribellione. Avrei voluto dirgli che se uno di noi era l'offeso, uno di noi l'ingannato, uno solo era anche in diritto di freddezza e di sprezzo e quell'uno era io. Ma appena queste parole sorgevano dall'intimo mio sdegno al varco delle labbra un gran rossore mi invadeva tutta; mi pareva che avrei sopportato qualunque cosa piuttosto che ritornare io stessa alla memoria di quella terribile sera. E ancora dicevami la voce intima della coscienza: Sei tu sicura che Egli sia il solo colpevole? Questo amore così tardi rivelato al tuo debole spirito non s'era già tradito agli sguardi veggenti di Lui? Puoi giurare che un gesto, un motto, un improvviso colorirsi e scolorirsi del volto, una stretta di mano più intensa, un solo lungo attendere della pupilla non gli abbiano fatto palese ciò che tu ignoravi? Non ha tremato la tua mano in quella sera stessa prendendo da Lui il piccolo velo che doveva avvolgerti il collo? E allora, e allora, perchè accusarlo solo? È Egli il solo colpevole? Alla fine di queste lotte violenti con me stessa chiedevo: Che cosa farò? Cessare di amarlo mi pareva impossibile. Il resto era mistero. Pensavo qualche volta alle persone saggie che in ogni circostanza della vita si tracciano una linea di condotta; per parte mia non riuscivo nemmeno a capire che cosa possa essere una linea di condotta. Volevo fare ciò che è bene e compiere il mio dovere sempre, ma quale era in quel momento il bene e quale il mio dovere? La mia coscienza era troppo vicina al mio cuore forse, e non mi trovavo altri consiglieri accanto. Nel caos di queste idee una sola emergeva chiara e sicura: la necessità di nascondere a Lui lo stato dell'anima mia e non saprei nemmeno se tale sicurezza mi veniva direttamente dal mio dovere o se molta parte vi avessero l'orgoglio, la dignità e il desiderio di vincerlo in questa battaglia. Passò in tal modo tutto settembre; venne l'ottobre co' suoi cieli di madreperla. Il viale del mio giardino si coperse di foglie rosse e gialle: le acacie si facevano esili di giorno in giorno rarificando il bosco, quasi tutte le rose erano morte. Compresi per la prima volta e penetrai a fondo la grande tristezza dell'autunno. - E tuttavia - pensavo - rifioriranno le rose, il bosco rinverdirà - io sola non avrò più nè fronde nè fiori! Il tempo piovoso mi tenne chiusa in seguito nel mio appartamento dove lessi molto. Chiesi a mio cugino se non avesse altri libri da darmi ed Egli rispose che non credeva averne di *addatti per me*. Un sorriso ironico accompagnò queste parole. Andavo abituandomi a quella ostentazione di disprezzo; non era, non poteva essere sincera e avendo coscienza di non meritarla restavo impassibile sotto i colpi, gemendo nel mio interno e struggendomi in una malinconia senza nome. Egli avrebbe forse desiderato di vedermela questa malinconia, sul volto, ma la nascondevo invece come il mio più geloso segreto. Una volta restammo soli. Cadeva il giorno abbreviato da una nebbia umida e densa. Non reggendo più a ricamare nella luce incerta della finestra mi alzai per mettere a posto il lavoro e trovandomi accanto al cembalo mi posi a riordinare la musica, così, automaticamente, forse per sfuggire un'intima sensazione di imbarazzo. Egli aveva certo un progetto nella sua mente perchè mi si avvicinò col volto torbido e chiuso. Ponevo allora la mano sulla canzone antica. I ricordi della sera felice in cui l'avevo cantata per Lui mi diedero una stretta al cuore così violenta che sentii il bisogno di padroneggiarmi. Feci scorrere le dita sulla tastiera e ne trassi il motivo più allegro e più comune, insistendovi, colla tenacia aperta di chi vuole ubbriacarsi a qualunque costo. Colla coda dell'occhio vedevo il suo volto contrariato e pensavo: - Oh! se parlasse adesso! Ma nello stesso tempo ero presa da un terrore folle che mi faceva precipitare le note in una ridda vertiginosa di un effetto violento. Aveva Egli detto qualche cosa? mi pareva poichè per un istante il suo respiro era venuto verso di me recando un suono; ma che cosa aveva detto? Temevo troppo di saperlo. No, no, quello non era il momento. Lo avevo aspettato per tanto tempo; ora non più. Non ero preparata... non ne avevo la forza. - Lo... lo... ma la fatale parola che echeggiava tutto intorno a me non dovevo nemmeno in quel momento pensarla. Ah! Se invece di parlare Lui, avessi parlato io? aah! aah!... se mi avesse indovinato? mai, mai, questo mai! Rovesciai la testa indietro come trascinata dalla musica, presa da un accesso di ilarità convulsa e prolungata. Egli stava in piedi e teneva fra le mani un piccolo regolo che aveva levato in quel momento dal tavolino. I nostri occhi si incontrarono con un incrociamento acuto, quasi feroce da parte sua. "Vi batterei" disse. Se non fosse stato quello sguardo avrei potuto credere che si trattasse di uno scherzo, ma in quello sguardo avevo veramente sentita la percossa.

Una donna d'ingegno od anche solo esperta della vita e del cuore umano avrebbe saputo trovare la parola efficace nel momento opportuno per finire una situazione equivoca e penosa. Io no. Riconoscevo la mia pochezza, la mia assoluta inettitudine. Amare e soffrire; non potevo far altro. Era forse per questo che Egli mi disprezzava? Non sapeva dunque che cosa vuol dire amare? Le altezze sublimi del suo spirito non lo avevano ancora portato su quella vetta dove l'universo scompare, dove senza pompa e senza riti si compie nel mistero della natura l'olocausto di un essere a un altro essere. Egli che aveva creduto di vincermi in un amore piccolo e volgare non sapeva di quale fiamma ardevo io. Non sapeva, non sapeva, Lui che sapeva pure tanto della vita!

Questo pensiero era il mio unico conforto, il mio rifugio, il mio orgoglio. Ma il contegno di mio cugino doveva mutare ancora. Non più iroso nè sdegnoso, non più l'intenzione visibile di offendermi che era pure un modo di occuparsi di me; egli trovò un sistema di spensieratezza, di giocondità impudente che mi feriva molto di più e che mi disorientava. C'era in esso questo sottinteso: Povera donnicciuola che ti lusingasti per un istante di avermi allettato colla tua giovinezza appassita, la tua triste casa, il tuo piccolo cuore - vedi il volo della mia forte gioventù e fatti da parte. Nulla abbiamo di comune, io non mi curo di te. Così ad ogni nuovo colloquio, contrariamente ai primi che tanta gioia e tanta ricchezza mi portavano, mi sentivo sempre più povera e meschina. L'evidente suo desiderio di ritogliermi tutto quello che mi aveva dato di simpatia, di stima, di confidenza, di devozione, di elevazione sembrava veramente farmi il vuoto d'intorno. Il filo che ci teneva uniti si assottigliava di volta in volta spaventosamente e il timore che si spezzasse mi faceva trascorrere fra un'ansia indicibile i giorni in cui non si lasciava vedere. Io volevo riconquistarlo a qualunque costo. Oh! le malinconiche serate dell'inverno, con Alessio che si annoiava sui suoi libri dipinti, con Orsola e Pietro che mi guardavano in silenzio dal fondo dei loro occhi semplici e buoni, forse indovinando! Che tenerezza mi prendeva per quei cari vecchi il cui affetto si chiamava vita! Ero, in certi istanti, vile. Quando l'angoscia mi stringeva più terribile mi veniva la pazza tentazione di domandargli una tregua, di muoverlo a pietà per il mio cuore che sanguinava. Mi pareva che gli avrei io chiesto scusa pur di rivedere il suo bel sorriso di un tempo e sentirmelo vicino con quella muta palpitazione delle fibre che tradisce la simpatia. Pure, quando Egli veniva a trovarmi, appena il suo passo ne rivelava la presenza anticipandomela, ogni sogno folle precipitava in fondo al cuore. Lo salutavo senza una alterazione nella voce, gli porgevo una mano di marmo; la mia freddezza sembrava crescere per una violenta reazione quanto più lo avevo desiderato e invocato, ma non era forse qualche volta eccessiva? Un giorno temetti di essermi rivelata. Egli era entrato ilare e giulivo secondo il solito, forse con una punta di cattiveria nelle pupille della quale non mi accorsi che più tardi ripensandovi. Dopo i primi discorsi superficiali esclamò:

- Finalmente non sono più solo alla Querciaia. Rammentate il padiglioncino a destra, quello che fece fabbricare mio padre per disporvi le sue raccolte botaniche? Ebbene, l'ho affittato a due signore, madre e figlia, che avendo subìto dei rovesci di fortuna dovettero ritirarsi in campagna. È una buona notizia, nevvero? molto più che la figlia è un angelo di bellezza.

Centinaia di lucciole mi passarono davanti agli occhi. Egli mi domandò: "Vi sentite male?" con un tale accento che se avessi dubitato delle sue intenzioni me ne doveva rendere certa. Risposi che soffrivo da qualche tempo di capogiri, che li attribuivo alla mia vita troppo rinchiusa. Ardevo di chiedergli dei particolari su quelle signore, ma me ne guardai bene. Egli che aveva tanto desiderio di darmeli quanto io di saperli me li lasciò cadere dall'alto con preziosità ostentata. Disse che la signora era vedova di un colonnello, che era molto distinta, che sembrava assai delicata di salute; che la figlia le usava i più teneri riguardi, che era un piacere vederle insieme strette dal più soave degli affetti e così dignitose nella loro solitudine. Feci subito la riflessione che amavo tanto anch'io il mio piccolo Alessio, che eravamo noi pure ben soli, peggio ancora che soli, abbandonati: e un gruppo di lagrime mi costrinse a sbattere le palpebre, tossendo, soffiando forte come presa da una infreddatura. Di lì a poco, mentre si parlava d'altro, mio cugino soggiunse improvvisamente che la fanciulla era molto alta di statura, elegante e che somigliava un poco al ritratto della sua leggiadra bisavola. Oh! questo poi! Perchè doveva somigliare alla sua bisavola, proprio lei! La strana affermazione prendendomi alla sprovvista non mi permise di trattenere una esclamazione di protesta assai vivace.

- Ebbene, che c'è? Perchè vi riscaldate?

- Non è possibile!

- Perchè non è possibile? Credete che il volto di Elena abbia beato solamente i suoi contemporanei? Tutto si rinnova nella natura.

Qualche idea se non assolutamente simile certo molto vicina, era già stata scambiata fra noi in occasione della mia visita alla Querciaia. Ero stata io a parlarne per la prima, ed Egli aveva allora guardate le mie mani e gli era sembrato forse che somigliassero a quelle della sua bisavola.... Come tutto ciò era lontano benchè due soli mesi fossero passati!

Il morire di quel giorno mi parve ancora più triste dell'usato. Riprendendo a poco a poco le vecchie abitudini, dacchè mi trovavo sola, Orsola e Pietro davano delle capatine nel mio salotto offrendo alla mia mestizia l'ingenuo conforto delle celie che conoscevo da un quarto di secolo e che non bastavano più a distrarmi. Ero presa da una specie di sgomento davanti a quei due esseri che erano invecchiati così placidamente nella mia casa, vicini e calmi come i due vasi dalla fioritura di zinco che ornavano i pilastri del cancello. Quante volte le brine erano cadute davanti a loro ed erano fioriti i mandorli e gli uccelli avevano cantato e le farfalle si erano inseguite lungo le siepi ed aveva odorato cupamente il bosso in fondo alla selva senza che essi avessero chiesto di più alla vita! La giovinezza non li toccò, la vecchiaia li raggiunse sfiorandoli appena, la morte li attendeva con braccia di madre. Domandai loro in un momento di tenerezza se non avessero mai amato. La donna mi rispose di no, l'uomo sorrise. Chi di essi aveva ragione? Io venivo frattanto a conoscere sempre più la inenarrabile malinconia delle cose. Somigliava il mio salotto a un cimitero sparso di croci; vi piangevo nel vano della finestra le illusioni fuggite sui fili azzurri e rosei delle mie sete da ricamo e accanto al cembalo le note appassionate della canzone che non avevo più avuto il coraggio di cantare. Un parafuoco che Egli soleva prendere in mano per gingillarsi durante le nostre discussioni, una coppa di bronzo che Egli ammirava, il posto dove aveva l'abitudine di mettersi, la sedia che preferiva e la luce che gli era più cara rappresentavano a' miei occhi i termini del sentiero che avevamo percorso insieme. Mi dicevano: è finito, di qui non passerai più. Sì, lo sentivo, tutto era irrimediabilmente finito senza ebbrezza e senza colpa, quasi senza lotta, così – finito! La regolarità della gradazione che mio cugino poneva nel rendere le sue visite più rare e più brevi mi dimostrava la freddezza del suo calcolo e mi faceva perdere anche l'ultima speranza che avessi potuto avere in una amichevole spiegazione. C'era qualche volta tanta ferocia nella sua indifferenza, tanta durezza nel suo disdegno, lanciava con tanta voluttà le parole più atte a ferirmi che mi riusciva di sollievo la fine della sua visita e lo salutavo anch'io con freddezza e con indifferenza. È ben vero che mi struggevo internamente in un folle desiderio di abbracciare i suoi ginocchi che mi faceva prendere in orrore me stessa, per ricominciare poche ore dopo la sua partenza a desiderarne il ritorno. - Questo lavoro di sdoppiamento continuamente rinnovato, queste violenti repressioni che non impedivano la reazione di inauditi ardori abbattevano la mia salute, non potei nasconderglielo, e anche questo gli servì per pungermi. Disse che mio marito aveva ragione di lasciarmi in campagna, che la donna è una creatura imperfetta, di ostacolo e d'impaccio sempre alle forti lotte maschili, salvo - Egli soggiunse con un raddoppiamento di crudeltà - qualche rara eccezione di florida giovinezza che bisognava tanto più ammirare ed amare.

Mi trovò in un pallido pomeriggio della fine d'autunno semi-sdraiata sul divano. Vedendolo tentai subito di alzarmi, respingendo una pelliccia che mi copriva le gambe.

- Restate, restate - disse - sono avvezzo a tali cose oramai; la mia vicina è sempre ammalata. Questa è anche una ragione per cui mi vedete di rado, le dedico tutto il tempo disponibile; faccio bene nevvero?

C'era nel suo accento una nota di durezza che non volli rilevare.

- Io lo penso - risposi.

- Mi sembrate accesa in volto.

- Deve essere una fiamma momentanea, ho freddo invece. L'inverno si annuncia rigido quest'anno.

- Tutt'altro. È un tempo splendido per passeggiare; sicuro bisogna essere sani. La signorina Emma... ve l'ho detto che la signorina si chiama Emma...

- Non so, non ricordo...

- Emma! il più bel nome che io conosca. Non è vero che è un bel nome?

Mi trovavo del parere contrario; tuttavia un sentimento di fierezza mi impedì di contraddirlo apertamente. Frattanto Egli insistette:

- Non è vero? Non è vero? Dite che è bello.

Allora soggiunsi con indifferenza:

- Se vi fa piacere! Sapete, è questione di gusti.

- Lei che è la viva immagine della primavera - soggiunse mio cugino con fuoco - non sente punto l'inverno; ha bisogno di muoversi, di camminare. Sua madre mi permette di accompagnarla qualche volta in fondo ai prati - non più in là, si capisce - ma sono passeggiate deliziose. Ora Ella mi precede colla sua bella figura onduleggiante, ora mi sta a lato inebbriandomi della sua vicinanza, di quel fresco odore di mammola che hanno certe fanciulle... è curioso, a guardarvi adesso mi sembrate pallida.

- Non vi badate.

- Scherzi nervosi senza dubbio.

- Può darsi.

Fin qui arrivai a rispondere; dopo, un tintinnio nelle orecchie e un velo davanti agli occhi mi impedirono di seguire il filo del discorso, senza però che Egli se ne accorgesse, essendomi celate le mani e mezzo il volto sotto la pelliccia. Ma forse Egli ebbe allora un impeto di compassione; mi accomodò delicatamente la pelliccia intorno alle braccia e vidi nei suoi occhi un raggio dell'antica luce. Tremai tutta ed ebbi paura di me. Come lo amavo, come lo amavo, se il solo tocco della sua mano mi faceva beata in mezzo a tanta umiliazione!

- Myriam - così Egli disse per tentarmi, già pentito della sua bontà - non vi dispiace che vi prenda per mia confidente?

- Perchè dovrebbe dispiacermi? Io sono sempre quella che conosceste.

- Quella, quale?

- Colei che vi accolse or fa un anno unico suo parente e che da voi apprese la via delle verità superiori.

Un lungo silenzio seguì le mie parole. Potei credere per un istante di essere tornata ai dolci e profondi colloqui di un tempo. A un tratto Egli esclamò:

- Non conoscete la vita, non sapete nulla, non comprendete nulla.

- Ohimè - feci quasi involontariamente - lo temo.

Egli proseguì con violenza.

- Avete voi solamente un concetto dei diritti dell'uomo, del suo posto di fronte all'esistenza? Sapete di quali lotte, di quali combattimenti noi abbiamo bisogno? Sapete che ardente focolare d'amore sia il nostro cuore?... Oh! non interrompetemi. Non mi parlate dei vostri amori di femminuccia fatti di lagrime e di rinuncie. Noi nell'amore vogliamo il trionfo sempre, la vittoria sempre e quando non ci riesce di ottenerli il nostro cuore è così vasto che accogliamo in esso l'odio e la vendetta. Misere, misere animuccie che ci venite a parlare di perdono nello stesso modo che rechereste colle vostre piccole e bianche mani inermi un secchiolino d'acqua per spegnere un incendio!

Pronunciando le ultime parole si era alzato. Il suo volto aveva una fierezza dolorosa, le labbra erano contratte, gli occhi scintillarono tutti invasi dalla sua anima. Io credo di non averlo mai amato tanto come in quel momento. Vidi allora ed abbracciai i suoi più intimi pensieri, li accolsi in me, li strinsi dentro di me, compresi le sue lotte, i suoi dolori, le sue intime tristezze; fui sua in uno slancio irresistibile quanto occulto. Volli parlare, ma nessun accento uscì dalla mia bocca.

- Mi accorgo di stancarvi, vi lascio - disse Egli con una dolcezza protettrice e benigna, come se lo sfogo precedente lo avesse calmato. - Guarite!

Gli stesi la mano in silenzio. Egli la prese senza stringerla. Disse: Avete freddo ancora? ed avendo io risposto di no, col capo, si avviò per uscire; ma dopo pochi passi riprese voltandosi indietro:

- Vi mando l'Orsola?

Feci uno sforzo per sorridere.

- Grazie, sto bene.

Non era precisamente quello che volevo dire; non era, ad ogni modo, tutto. Mi rizzai sul gomito seguendo ansiosamente collo sguardo la sua persona che stava per scomparire. Apersi le labbra, sospirai, ricaddi. No, non poteva ancora comprendere.

Però dopo quel colloquio mi sentii più forte. La mia strada si veniva delineando retta e sicura; perseverare doveva essere il mio motto, non importa a quale prezzo. Sarebbe stato assurdo se avessi preteso di lesinare sul prezzo di un premio così ardentemente agognato come il suo amore - oh! non il volubile e basso amore ch'Egli m'aveva offerto, ma l'amore nuovo, peregrino che Egli stesso vagheggiava senza potervi credere, a cui aveva accennato una volta chiamandolo *una cosa grande* e del quale senza dubbio non mi giudicava degna - dimenticando che ero della sua famiglia e che in me pure ferveva un desiderio di emulazione, quasi un bisogno di lotta e di conquista. Era precisamente dinanzi alla sua forza che si era risvegliata la mia; era dinanzi al suo piccolo orgoglio d'uomo che la mia coscienza mi apriva la via ad un orgoglio superiore, dal quale mi veniva tanto coraggio e tanta fede insieme. Dare, dare ancora, dare più di quanto si ottiene e di quanto si può sperare, non è questo il divino segreto dell'amore? Dare tutto è molto, ma dare il meglio è più che dare, poichè implica la scelta e l'innalzamento. La principessa che amando sotto spoglie bestiali un principe degno di lei gli fece il dono della sua gioventù e della sua bellezza, non avrebbe amato che a metà se il principe non doveva per forza del di lei amore riprendere i caratteri di creatura spirituale. Nella favola tutto procede per la completa felicità - il principe e la principessa si sposano - ma la vita offre di rado la felicità completa. Bisogna scegliere. Io non dubitavo di avere scelta la parte più preziosa, quella che il tempo non può distruggere, che gli uomini non invidiano e non insidiano, che non mi avrebbe data nessuna gioia esterna, ma che doveva essere il tabernacolo delle mie più segrete compiacenze. Fu in uno di quei giorni che Orsola venne a farmi la confidenza delle relazioni che passavano fra mio cugino e le pigionali della Querciaia, concludendo:

- È evidente che la vecchia signora tende le reti per procurare un marito a sua figlia.

- Non è forse un giudizio temerario? - mi arrischiai a dire, con calma, quantunque il mio cuore palpitasse d'ansia.

- Tutto il paese ne parla. Parlerebbe se non ci fosse niente?

- Sai bene che la malignità è sempre pronta. È così facile pensar male!

- Ma si tratta di fatti e non di pensieri. Egli passa la giornata da quelle signore e come non bastasse esce per i prati insieme alla signorina.... Io, se fossi madre, non lo permetterei, ma quella signora le dico ha il suo fine.

- Dopo tutto è un fine onesto.

Pronunciai certamente queste parole con un fil di voce, perchè l'Orsola non vi badò e stava per continuare le sue indiscrezioni, se io non avessi provato una crescente vergogna dello stare ad ascoltarla e non le avessi imposto recisamente il silenzio. Con queste piccole vittorie mi abituavo al dominio di me stessa; quasi ogni giorno rinunciavo a una gioia, a una curiosità, a una lieve soddisfazione, tendendo tutte le mie forze a raggiungere ciò che era oramai il mio unico scopo, che doveva tenermi luogo di felicità: mostrarmi degna di Lui. E mi abituavo pure a pensare la mia vita priva di Lui, a sostituire a Lui i suoi ideali, spiritualizzando la mia passione, elevandola alla dolce religiosità di un culto. Mettevo un ardore tenace a cancellare dalla mia memoria ciò che avrebbe potuto rimpicciolirlo per ricordarmi solo della benefica influenza che aveva esercitata sopra di me colle qualità del suo ingegno e del suo animo così nobilmente virile. è questo che dobbiamo fare noi donne: emulare l'uomo nelle forze spirituali, non per contendergliele, ma per aggiungervi le nostre idealità. La sfida che Egli m'aveva lanciata una sera nel viale del mio giardino, si svolgeva ora cogli inevitabili particolari cruenti. Oh! Dio, non somigliava al terribile combattimento narrato nella sacra scrittura di Giacobbe lottante una notte intera nella oscurità con un angelo? Lo stesso mistero dolente ci avvolgeva, i nostri colpi cadevano ciechi nel buio, ma al pari di Giacobbe io sentivo che avrei vinto. Che importano allora le ferite?

La chiesa del nostro villaggio era piccolina e molto antica. Collocata sopra una altura, vi si accedeva per uno di quei sentieri scaglionati nella montagna, dove l'erba cresce tra sasso e sasso, che è così dolce salire lentamente nelle mattine bianche o nei pomeriggi soleggiati, colla pace nello spirito e la fede nel cuore. Io l'amava particolarmente, la chiesetta. I miei genitori vi si erano sposati; vi ero stata battezzata e sposata io pure e molti sogni, molte aspirazioni indefinite vi avevano preso il volo insieme alle nuvole d'incenso e alle rose offerte alla Madonna. La conoscevo palmo per palmo, dalle pareti grigie al soffitto di legno e all'unico altare di stucco verdastro colle statue dei quattro apostoli. Sapevo che non era bella, me lo avevano detto; ma a me, poichè l'amava, sembrava anche bella. Tutte le domeniche prendevo il mio posto nel banco di famiglia con Orsola e con Alessio ed era un'ora ben soave quella che passavo così, tranquilla, nella dolce religiosità del culto cattolico, in mezzo alle umili e buone donne del villaggio. Le distinguevo una per una; elle sorridevano dai loro posti al mio bambino e facevano all'Orsola dei cenni amichevoli. Ma una domenica - Alessio era leggermente indisposto - andai sola. Volgeva la fine di novembre, un novembre grigio e freddo che vestiva di tristezza tutte le cose; eppure, camminando sotto gli alberi mezzo sfrondati, nella reliquia delle foglie che già da lungo tempo cadute stendevano sul terreno un tappeto bruno chiazzato di giallo, era in me una insolita energia che mi faceva tenere la testa alta e aspirare con avidità la brezza pungente, già quasi invernale. Mi stringevo nel mio abito un po' troppo leggero con una intima sensazione di resistenza fisica in perfetta armonia colle mie lotte interne. La salita la feci leggerissimamente, portata da una forza occulta su per il declivio erboso fino alla porta della chiesa. Un vecchio cieco che da vent'anni vi tiene dimora vendendo le immagini mi riconobbe non so se al passo o al fruscìo del mio abito. - La pace sia con voi - disse e l'augurio mi scese al cuore, dolcissimo. Trovai la chiesa piena di gente, le sacre funzioni già incominciate. Avviandomi al mio posto fra il gruppo delle donne inginocchiate che si stringevano per lasciarmi passare, vidi accanto alla pila dell'acqua santa due signore; una attempata, l'altra giovanissima. Non ebbi bisogno di chiedere chi fossero. Un tuffo nel sangue me lo disse. Raggiunsi il banco a tentoni e mi inginocchiai o piuttosto caddi nascondendo il volto fra le mani. Venivano certo per la prima volta in chiesa perchè io non ve le avevo mai scorte. La persona cadente della vecchia signora, la sue guancie profondamente emaciate, serbavano traccie di una nobile bellezza sulla quale la malattia lenta e implacabile aveva già posto il suggello sacro della morte. Fu una apparizione che mi impressionò oltre ogni credere. Della figlia non mi fu dato vedere che l'alta figura elegante e snella come l'aveva descritta mio cugino; girò la testa al mio passaggio, ma io l'avevo già oltrepassata e nulla potei afferrare della sua fisionomia. Però, durante la messa, sentii la loro presenza ossessionante e quella vaga specialissima sensazione di malessere da cui siamo presi quando abbiamo qualcuno alle spalle che ci osserva e che noi non possiamo osservare. Appena terminati i divini uffici uscii. Nel ripassare nuovamente davanti alle due signore speravo di poterle vedere meglio; non fu così, perchè al momento opportuno, invece di sollevare gli occhi, fui presa da uno scrupolo bizzarro e chinai il capo affrettando il passo. Fuori, sulla spianata deserta, mi fermai a respirare fortemente l'aria che così frizzante e cruda mi entrava con un grande refrigerio nel petto. Anche quella prova era venuta! Tutto arriva, fatalmente, inesorabilmente, di ciò che deve arrivare. - Oh! mio Dio! - pensai - datemi forza fino alla fine. - E poichè i fedeli già uscivano in folla dalla chiesa mi allontanai con maggiore rapidità, dileguandomi sotto gli alberi, con fermezza sì, ma non senza affanno; lo conosceva questo affanno il mio cuore che sembrava essersi fatto piccino piccino e non battere più che colla lentezza di una agonia.

Nevicava da tre giorni senza interruzione; un deserto bianco mi separava da ogni essere vivente. Sapevo da Pietro che le strade erano quasi impraticabili e mi parve una giustificazione sufficiente per mio cugino che non vedevo da due settimane, motivo per cui restai molto sorpresa una mattina, al trovarmelo innanzi.

- Sono qui per combinazione - disse subito Lui - andai d'urgenza a chiamare il medico per la mia vicina che si trova agli estremi e pensai di entrare a salutarvi perchè chi sa quando potrò tornare.

- Vi ringrazio, ma vi prego non datevi pena per me.

- Le donne sono spesso puntigliose...

Interruppi tranquillamente:

- Non credo di avervi mai dato motivo di pensar questo. In ogni modo sappiate che vi giudico assoluto padrone del vostro tempo.

Egli non rispose. Dominato da una eccitazione nervosa seguì il corso dei propri pensieri a voce alta dicendo:

- Fanno veramente pietà.

Vidi che era molto impressionato dalla malattia della sua vicina e gliene chiesi notizie.

- Vi preme dunque di saperle? Credevo che non aveste simpatia per loro.

- Io non le conosco e non le giudico. So che vi sono care e tanto basta per interessarmi ai loro dolori.

Mi guardò intensamente per la durata di un secondo; abbassando poi gli occhi sul suo cappello dove stavano rapprese alcune falde di neve, disse:

- La madre ha pochi giorni da vivere, la figlia resta sola al mondo.

- Dio vegli su di loro! - esclamai con una commozione sincera. - Pregherò con tutto il mio cuore.

Ancora un lampo de' suoi occhi, ancora un silenzio; indi:

- Addio.

- Arrivederci - mormorai con infinito dolore e tenerezza insieme.

- Sì, arrivederci.

Pentito di questa parola che gli parve troppo dolce soggiunse:

- Non sarà tanto presto.

Restai agitata per tutto il giorno in preda a una folla di sentimenti contradditorî. La mia immaginazione fatta all'improvviso veggente lo seguiva nel padiglione abitato dalle due straniere; scorgeva la madre abbattuta nel suo letto; la figlia desolata, smarrita - e Lui dividersi fra l'una e l'altra. Oh! certo, esse dovevano amarlo. Una stretta al cuore mi avvertiva che il sacrificio non era ancora consumato, che avrei dovuto spargere ancora molte lagrime segrete e soffocare molti desideri ribelli. L'indomani mandai Pietro a chiedere nuove dell'inferma. Stava male. Allora ci unimmo tutti, io, Pietro, Orsola e il mio piccolo Alessio e recitammo la preghiera degli agonizzanti. Quando l'ebbimo finita io dissi: Preghiamo ancora perchè questa madre, se Dio lo permette, sia conservata alla sua creatura. L'Orsola mi si fece accanto e accostando al mio orecchio le labbra tremanti sussurrò:

- Sarai benedetta, Myriam.

- Oh! perchè? - feci io turbata, sentendomi salire al volto un rossore improvviso.

La mia buona vecchia non rispose, e siccome la vidi chinare la fronte sulle palme congiunte pensai ch'ella pregasse per me. Verso il tramonto un merciaiuolo ambulante al quale Pietro aveva consegnato delle stoviglie da accomodare ci avvertì che la signora forestiera era morta e che la figlia abbandonata sul cadavere pareva volesse seguirla, tanto era l'eccesso della sua disperazione.

- Non c'è nessuno che la conforta? - chiesi.

- Chi vuol mai! La Querciaia è affatto isolata e quelle signore non le conosce anima viva. Io lo so perchè passo di là colla mia merce.

Mi guardai attorno, guardai fuori dalla finestra nel deserto di neve, guardai in alto il cielo quasi bianco. Povera fanciulla! Il merciaiuolo intanto si disponeva a continuare il suo viaggio e già si era posto sulle spalle il suo carico quando io gli chiesi se avrebbe potuto mandarmi prima di notte una carrozza. Mi rispose di sì e in mezzo alla stupefazione di Orsola e di Pietro gli ordinai di condurmela subito senza perder tempo. Baciai Alessio che si era aggrappato alle mie gonne e che si pose a gridare:

- Mamma, perchè piangi?

Io non lo sapevo; non mi ero accorta di piangere. Feci i miei preparativi con una grande commozione, avvertendo che avrei condotto a casa l'orfanella per quella notte e raccomandando all'Orsola di apparecchiarle una camera. Quando giunse la carrozza vi salii, seguita dai consigli dei miei buoni vecchi che mi esortavano a ripararmi bene e a tenere chiusi i vetri. Poco più di mezz'ora ci separava dalla Querciaia ma ne impiegammo quasi il doppio a rompere una via in mezzo alla neve che il freddo intenso aveva congelata e sulla quale volavano affamati e rattristanti i pochi superstiti di una tribù di corvi. In quel paesaggio squallido, non più velato dalle folte piante e dai rosai, la Querciaia mi apparve colla sua strana architettura multiforme di rôcca e di convento insieme. Feci fermare dinanzi alla porticina del padiglione che mi venne aperta da mio cugino in persona.

- Voi! - esclamò, e nessuna parola potrebbe esprimere ciò che vi era di sovrumano nel suo accento e nel suo sguardo.

In piedi, sulla soglia, circondata da un fitto nuvolo di neve, io non sapevo come spiegare la mia presenza. Fu Lui che mi prese per la mano con dolce impero e rapidamente, in poche parole, ci intendemmo. Mi guidò presso la fanciulla che si trovava in uno stato compassionevole e che mi guardò senza stupore ricevendo le mie prime parole con una atonia di persona che il dolore rende quasi demente. La camera dove si trovava era nuda, gelida; vi era stato acceso il fuoco evidentemente ma nessuno lo aveva alimentato. Osservandola non mi parve più quella elegante figura che avevo intravista un giorno in chiesa. Aveva le treccie sciolte e scomposte, le mani pavonazze per il freddo; un tutto insieme di abbandonato, di scorato, di fuori di sè, che trovò subito la via della mia pietà. Se qualche sentimento poco nobile e poco puro mi aveva altre volte turbata cessò in quel punto, davanti a quella vera tristezza. Mio cugino che mi guardava intensamente si accorse di ciò che si svolgeva nel mio interno. Prese una mano della fanciulla e ponendola nelle mie mani le disse con calore:

- Fidatevi di lei! È un'amica.

Non si era potuto piegarla nè al riposo, nè al cibo; non c'era lì accanto una sola famiglia che potesse ospitarla, non una sola donna che la accarezzasse. La notte si avanzava terribile e paurosa in queste condizioni. Mi chinai sulla poveretta mormorando con quanta maggior dolcezza mi fu possibile:

- Volete venire con me?

Ella fece un balzo e mi guardò sbigottita.

- Non temete - soggiunsi - sono madre.

A queste parole ruppe in un gran pianto e mi nascose la testa in seno. A poco a poco riuscimmo a persuaderla. Mio cugino le promise che non avrebbe abbandonata la casa, che la salma sarebbe stata vegliata religiosamente. Così cedette e ripartii insieme alla fanciulla, nella carrozza chiusa, attraverso il deserto di neve che formava una ben degna cornice ai nostri due dolori. Mio cugino restò sulla soglia finchè la carrozza scomparve. L'ultima espressione che mi restò della sua fisionomia fu quella di una serietà infinitamente dolce. L'Orsola aveva preparato un buon fuoco e dei cordiali. Ella mi aiutò efficacemente a sostenere e a confortare la derelitta al primo arrivo. Più tardi, quando l'ebbi condotta nella sua camera e che il sonno venne finalmente a calmarla, quando la vidi riposante e sicura sotto il mio tetto, affidata a me, protetta da me, una larga onda di dolcezza mi invase e pensai che Lui in quello stesso momento doveva essermi vicino coll'anima.

Vegliai tardi quella sera, rileggendo una lettera di mio marito lunga e complicata nella quale mi diceva che era deciso a stabilirsi definitivamente a Parigi in vista di un posto all'ambasciata e che gli gioverebbe avere con sè la famiglia, che Alessio trovavasi oramai nell'età propizia per incominciare la sua educazione e che se io non avessi nulla in contrario potrei raggiungerlo a Parigi col bambino. Le riflessioni suggeritemi da questa proposta erano tali da tenermi sveglia, venendo a incrociarsi in un momento così solenne con altre preoccupazioni ed altri pensieri egualmente gravi. La mia vita cambiava; vedevo necessariamente in essa un nuovo indirizzo, nuovi doveri, nuove lotte forse. L'orfanella stava ancora vestendosi nella sua camera quando venne mio cugino a prendere le disposizioni per il funerale. Mi trovò sul pianerottolo della scala con un fascio di semprevivi sulle braccia. Indovinandone la destinazione arrossì come per eccesso di piacere, poi facendosi subito pallido mormorò con nobile semplicità:

- Non vi conoscevo, Myriam, ora sì. Come siete buona!

Nessuna parola poteva riuscirmi più cara di quella - tanto invocata, tanto desiderata - epperò un grande turbamento e una commozione vivissima mi obbligarono ad appoggiarmi contro la parete. Egli soggiunse:

- Mi perdonate?

Dio, che gioie vi sono al mondo! Le mie mani sotto i semprevivi tremarono; abbassai il capo per invitarlo tacitamente a seguirmi ed anche per dirgli di sì. Avrà Egli compreso il mio silenzio? Le occupazioni serie e penose di quella giornata non mi lasciarono più sola con Lui nè con me stessa, ma io avevo una gioia così profonda nel cuore che mi sentivo le ali. Decisi di tenere la fanciulla presso di me finchè non fosse venuta una vecchia amica di sua madre che si era offerta per ricoverarla, in attesa di provvedere meglio al suo avvenire. Intanto le fui compagna nella triste cerimonia del distacco, la sorressi e asciugai le sue lagrime. Scoprivo in me delle energie insospettate e un coraggio che non avrei mai creduto di avere. La poveretta mi dimostrava la sua riconoscenza in modo toccante. Furono giornate calme insomma, piene di intima e malinconica dolcezza, quali non avrei credute possibili. Un segreto istinto mi trattenne dall'interrogare mio cugino sui suoi progetti per l'avvenire dal momento che Egli non vi faceva nessuna allusione e quando la fanciulla fu partita e che Egli riprese le sue visite assiduo, affettuoso, sembrò che nulla fosse cambiato intorno a noi. Meglio ancora, era come se avessi fatto un cattivo sogno e provavo la gioia ingenua del risveglio.

Una sera - veniva ancora qualche volta alla sera - gli comunicai la risoluzione di raggiungere mio marito a Parigi. L'improvvisa notizia lo scosse ma in fondo conservava forse una certa incredulità. Mi guardò intensamente come per vedere se avevo un secondo fine e la diffidenza tornò a sfiorarlo.

- Perchè andreste a Parigi proprio ora?...

Presi la lettera di mio marito e gliela lessi tutta, facendogli notare che Alessio entrava nel suo settimo anno e che se suo padre cominciava ad occuparsene il mio dovere era di secondarlo.

- In fondo non vi dispiace a andare a Parigi. Deve essere così.

Ignoro quale espressione di intima tristezza salì in quel momento dal mio cuore al mio volto perchè Egli soggiunse con una pronta effusione di simpatia:

- No, no, Parigi non è fatto per voi. Vi troverete peggio che in un deserto e vi tornerà spesso in mente questa casa e queste campagne.

- Sì, lo credo.

- E tutto quello che lasciate qui.

- Anche.

Sopra queste parole ci fermammo. Avevo l'impressione che qualcuno nel salotto ci stesse a guardare. Erano forse le ore dell'anno trascorso, le ore piene di luce e di tenebre che non dovevano tornare mai più.

- Che cosa faranno - disse Egli, colla intonazione scherzosa che gli serviva quasi sempre per nascondere un sentimento profondo - queste sedie, queste poltrone, questo tavolino da lavoro così pieni della vostra fisionomia e del vostro profumo?

- Riposeranno sotto le loro coperte di tela greggia.

- E i vostri due vecchi?

- Poveri vecchi!

- Ed io?.....

- Ah! voi...

Qualcuna delle ore che ci stavano ascoltando dovette fremere nel suo involucro di larva; mi parve che un velo sbattesse nell'aria; mi sentivo presa da mani invisibili. Egli ripetè a voce bassa:

- Che farò io?

- Voi - (era appena un soffio la mia voce) prenderete una compagna.

- E se non volessi prenderla?

Tacqui. Egli ripetè con grande ardore:

- Se non volessi prenderla, dite?...

Non aveva fatto un sol passo verso di me, il suo corpo era rigidamente immobile, ma negli occhi gli bruciava una fiamma. Misurai tutti i confini della tentazione, ne vidi la profonda dolcezza, sentii salire a me da oscurità ancora inesplorate inauditi fantasmi di ebbrezza e di passione. Una sola parola che pronunciassi ed Egli era mio - lo sentivo - tutto mio in quella solitudine beata, lungi dal mondo, nella primavera che rinasceva, nel mio cuore che si era aperto all'amore, che tremava e palpitava sotto il suo sguardo e nella visione della sua carezza. Tutto si sarebbe rinnovato; le soavi sere, i colloqui confidenti, l'abbandono dell'anima, la gioia di vivere insieme... Era così violento il desiderio che ne tremavo. Ma che cosa ne vedeva Egli? Col capo chino sul mio ricamo tentavo di contarne i punti e solo dopo averli contati risposi:

- Fareste male. Le vie del sogno sono molte, quella della vita è una sola. Dovete ammogliarvi.

- Siete sincera? - domandò, figgendomi gli occhi in volto.

Pensai che un momento di debolezza mi avrebbe perduta irremissibilmente.

- Lo sono - risposi.

Egli mi lanciò uno sguardo acuto e chinò la fronte. Fu quello uno dei nostri ultimi colloqui. Avendo scritto a mio marito che acconsentivo a andare a Parigi col bambino, mi rispose invitandomi ad affrettare la partenza perchè avrebbe potuto venirmi incontro a mezza strada. Il destino aiutava così il mio coraggio.

L'inverno era quasi finito, la temperatura non era più rigida e qua e là si squagliava la neve; il mio giardino esposto al sole non ne serbava più traccia. Guardando i rami nudi delle acacie pensavo con malinconia che non li avrei visti fiorire. - Oh! mia diletta signora, aveva esclamato l'Orsola piangendo - quando ritornerai io sarò morta.Dovetti nascondere anche a lei la mia angoscia, mentre salutavo in silenzio tutte le piante, tutti i sassi, tutti i muri. Andando in chiesa una domenica - l'ultima domenica - salutai pure da lontano la Querciaia ricordando il giorno sereno in cui l'avevo visitata con altri occhi e con un altro cuore.

- Io so - dissi a mio cugino la vigilia della partenza avendomi sorpresa dinanzi al cembalo occupata a riunire la musica - che dovrò pur rivedere questi cari luoghi e questi cari oggetti, ma li rivedrò io *come sono ora*?

- Siatene certa. Che mai si perde lungo la vita se non la materialità del fatto? Lo spirito delle cose è immortale. è questo in fondo ciò che noi amiamo.

Egli sapeva dire, come sempre, al momento opportuno le parole più penetranti. A un tratto mi chiese:

- Fate conto di portare questa musica a Parigi?

Ebbi un momento di confusione durante il quale dai tasti del cembalo gemettero le patetiche battute della canzone antica, ma ripresi subito:

- Occorre forse?

Una segreta involontaria espressione dovette trapelare dalla mia voce perchè Egli non diede alcuna importanza al suono di quelle tre parole e subito ne penetrò il significato di profonda tenerezza. Vidi allora il suo bel volto rischiararsi e l'anima sua venire a me fiduciosa ed intera. Era questo che Egli aveva sognato nelle prime aurore del suo affetto, prima, assai prima che l'oscuro mistero dei sensi lo acciecasse? Era a questo che Egli pensava la sera memorabile in cui mi aveva detto: "Non vi immaginate il bene che potrebbero fare le donne riconducendo la fede nel cuore degli scettici?" E comprendeva anche questo - questo sopratutto - che solo da una ispirazione alta poteva nascere un amore come il mio? Io lo credo; altrimenti non avrebbe avuto il suo sguardo tanta serenità e tanta dolcezza. Ogni dubbio era scomparso oramai. Dalla penombra del cembalo dove si era posto vidi sorgere in Lui un desiderio soave di comunione che aveva qualche cosa di toccante nella maschia fierezza di quell'anima. Pensai allora: Una donna - Emma od un'altra - verrà a prendere un posto nella sua casa vuota, nel suo cuore appassionato. Molti cambiamenti troverò certo ritornando di qui ad alcuni anni, molti fiori morti, molte cose morte e qualche sepolcro sarà pure dentro di me.... ma chi mi potrà togliere questa suprema gioia di avergli dato, io, una fede? Ero presso alla finestra. Sollevai la cortina color di fiamma guardando giù nel giardino. Nei primi tempi della nostra relazione mio cugino aveva osservato che esso era troppo ben tenuto, troppo regolare, che gli mancava la poesia e il mistero dei luoghi abbandonati. Ecco - pensai - ora si vestirà della poesia che gli manca; verrà l'abbandono a tessere le sue fitte ragne intorno alle aiuole, verrà la tristezza, verrà il mistero ad oscurare l'ombra degli alberi e verrà mai l'ala dei nostri spiriti a battere insieme su questo sentiero dove pur senza confessarlo ci amammo? Egli mi si pose accanto, mi prese la mano. Io continuai tuttavia i miei pensieri e accarezzando cogli occhi i dolci rosai che nella brezza di marzo si preparavano alla rinascenza udii la sua voce profonda che mormorava:

- Dunque addio, Myriam. Ci rivedremo?

Gli strinsi la mano con un leggero indugio, senza voltare la testa, senza guardarlo, senza parlare; ma Egli ben comprese questa volta ciò che nascondeva di malinconico e di ardente il mio silenzio.

FINE.